KB055466

사람이 행복이다

최세규 지음

사람이 행복이다

초판 1쇄 발행 2015년 11월 1일

지 은 이 최세규
발 행 인 권선복
편집주간 김정웅
디 자 인 이세영
편　　집 김성호
마 케 팅 정희철
전 자 책 신미경
발 행 처 도서출판 행복에너지
출판등록 제315-2011-000035호
주　　소 (157-010) 서울특별시 강서구 화곡로 232
전　　화 0505-613-6133
팩　　스 0303-0799-1560
홈페이지 www.happybook.or.kr
이 메 일 ksbdata@daum.net

값 13,800원

ISBN 979-11-5602-289-3 03810

* 이 책의 출간으로 발생하는 인세는 '재능기부'에 쓰일 예정입니다.

도서출판 행복에너지는 독자 여러분의 아이디어와 원고 투고를 기다립니다. 책으로 만들기를 원하는 콘텐츠가 있으신 분은 이메일이나 홈페이지를 통해 간단한 기획서와 기획의도, 연락처 등을 보내주십시오. 행복에너지의 문은 언제나 활짝 열려 있습니다.

사람이 행복이다

최세규 지음

●○ 추천사

『사람이 행복이다』는 제목에서부터 저자의 심성(心性)이 잘 드러나 있듯, 우리가 평소에 느끼지 못했던 사람의 아름다움을 내밀하게 들려주는 책입니다. 최세규 저자는 이 책을 통해 하루하루의 인생길을 독자와 함께 동행하듯 인간을 향한 참된 가치관을 몸소 보여주고 있습니다. —정운찬 전 국무총리

각박한 시대는 각박한 인심(人心)을 낳습니다. 그렇기에 『사람이 행복이다』로 우리에게 따뜻한 휴식처를 제공해주는 최세규 저자는 이 시대에 우리가 바라 마지않았던 희망의 전도사인 것입니다. —이만의 전 환경부 장관

토요일 오후 2시, 기다렸다는 듯이 울리는 핸드폰에서 최세규 저자의 희망 메시지를 봅니다. 웃음을 아무 대가 없이 배달해주는 그가 있어 기쁩니다. 다른 누군가에게도 내가 있어 기쁨이 될 수 있도록 최세규 저자처럼 내 사랑을 마음껏 베풀어야겠습니다.
—최재유 미래창조과학부 차관

'사람이 행복이다' 이토록 뜨거운 저자의 말 한마디로 우리는 어김없이 긍정을, 또한 행복을 찾을 수 있습니다. 우리는 모두에게 행복인 것입니다. 인본주의(人本主義)를 몸소 실천하는 그를 보며, 우리에게 불변하는 최고의 가치를 다시금 깨닫습니다.
—엄홍길 엄홍길휴먼재단 상임이사

최세규 저자는 최고 경영인에서 몸소 물러나 사회의 선행을 실천하는 나눔 운동을 펼치고 계신 분입니다. 본받을 수 있는 이러한 행보를 보여주시는 분이 있어 어려운 시대일지라도 희망의 등불은 꺼지지 않습니다. —백남선 이대 목동병원장

「한국재능기부협회」「한국신지식인협회」「민주평화통일자문회의」에 이르기까지, 최세규 저자의 발길이 닿는 곳엔 사람의 향기가 물씬 피어오릅니다. 그 향기를 따라가다 보면 저자가 들려주는 사람과 사람 사이의 사랑과 행복으로 눈앞이 황홀해집니다.
—홍수환 한국권투위원회 회장

최세규 저자는 자수성가형 기업인의 대표 모델입니다. 하지만 저자가 이 책에서 말하는 바는 성공하는 법도 아니고 돈을 많이 버는 법도 아닙니다. 그것은 바로 행복으로 주어진 사람의 참모습입니다. 우리가 99마리의 양을 얻으면서 놓쳤던 한 마리의 양. 저자가 들려주는 사람의 참모습 속에서 독자 여러분들께서도 마음 한 곳이 밝아지셨으면 하는 바람입니다.

–조동민 한국프랜차이즈산업협회 회장

최세규 저자의 『사람이 행복이다』를 소중하게 읽었습니다. 저자께서 보내주신 토요일 문자에서 잠시 느꼈던 위로와 희망을 다시 담담하게 느낄 수 있었습니다. 사람과 멀지 않은 행복을 말하는 대목에서는 가만히 눈을 감았습니다. 그가 보여주는 뜨거운 활동 그리고 낮은 곳에 임하는 자세는 저를 매번 뒤돌아보게 만드는 힘이 있습니다.

–이규석 돈까스클럽 대표

『사람이 행복이다』 최세규 저자는 인간학學의 시선으로 자신의 이야기를 전달하는 것 같지만 때로 그것은 우리의 내면 깊숙한 곳을 파고드는 마음학學에 다름 아닙니다. 그만큼 우리가 평소 잘 보살피지 못한 마음의 한 자리를 그는 매번 행복으로 채워주고 있는 것입니다. '토요일 오후 2시의 대화'로, '사람이 사람이기 위한 사랑'으로 말입니다.

–최영식 쉬프트정보통신 대표

최세규 저자는 평소 나눔 활동에 있어 적극적이고 열정적인 모습을 몸소 보여주시는 분입니다. 그가 과거 경영인의 자리에서는 자신의 경영 노하우를 알리는 데 전력투구하였다면 이제는 재능기부협회의 얼굴로서 나눔인의 자리에서 행복 전도사의 면모를 보여주고 계십니다. 그의 아름다운 행보에 뜨거운 갈채와 응원을 보냅니다!

–전승훈 삼덕티엘에스 대표

토요일 오후, 저는 지인들에게 문자를 보냅니다. 오늘의 내용은 이것입니다.

"말이 통하고 생각이 같고 눈빛 하나로 마음을 읽어주는 좋은 친구가 있어 행복합니다."

토요일 2시. 이 시간이 제게 뜻 깊은 순간이 된 건 벌써 이십 년이 지나가고 있습니다. 저는 이십 년 넘게 토요일 이 시간이면 지인들에게 늘 문자를 보냈습니다. 돌이켜보면 참 징하기도 하구나, 하는 생각이 듭니다. 하지만 저의 문자는 사람들에게 보내는 오후의 고요한 건넴이자, 토요일의 두근거림이자, 이제 와 보니 울창한 나무처럼 자란 저의 커다란 행복이었습니다. 이 소통은 아마 오래도록 계속될 것 같습니다.

저는 사회운동가이지만 기업인이기도 합니다. 혹자는 저의 정체와 행보에 대해 의문을 품곤 합니다. 하지만 저는 기업인으로서 겸손히 그리고 치열하게 살아왔고 지금은 그 시절 얻은 뜻을 사회에 공헌하려는 단순한 '한 사람'에 지나지 않습니다. 우여곡절을 지나온 과거는 한 사람을 단단하게 해주는 반면 너무 많은 수식어는 늘 불필요한 법입니다. 저는 지금 단순히 제 뜻을 펼치고자 하는 사회의 일원이고, 딸에게는 아빠, 나눔의 자리에서는 나눔인일 뿐입니다.

누구나 그렇듯 저도 많은 고난의 시간을 건너 여기에 서 있습니다. 그리고 누구나 그렇듯 그러한 시간을 통해 얻은 값진 깨달음이 있을 것이고 저 또한 그렇습니다. 그것의 가치와 순위를 매길 수는 없는 것입니다. 누구나의 꿈이 소중하듯 말입니다. 그것이 저에겐 '재능기부'입니다. 제가 기업인으로 설 수 있었던 갖은 고난과 숙고와 노력이 이제는 '재능기부'라는 열망에 달려있습니다. 저는 이 현재를 살아가고 있습니다. 아마 많은 말이 있고 실패가 있겠지만 전 달려가고자 합니다. 늘 그랬듯. 하루하루 최선을 다해서 말입니다. 여러분과 이 길을 동행하면 더할 나위 없이 기쁘겠습니다.

최세규

이런저런 사회사업에 뛰어들어 일을 하다보면, 다른 시각으로 바라보는 사람들도 있습니다. 저더러 정치에 뜻이 있다고 생각하는 사람들도 간혹 있지요.

이 말씀을 이 책의 서두에서 드리고자 하는 이유는 혹시나 모르는 오해를 차단하기 위해서입니다. 물론 대부분의 사람들이 저의 순수한 마음을 이해해 주지만 말입니다.

저는 이 책의 출간을 통해 정치에 입문하거나 정치 지도자로 나가고자 하는 꿈은 품고 있지 않다고 분명히 말씀드리고 싶습니다.

저는 '사회 지도자'로 남을 것입니다.

저는 좋은 일을 할 수 있는 기회가 많았고 그것에 감사합니다.

그리고 앞으로도 그런 기회가 주어진다면 저는 그것으로 만족합니다.

그것은 저의 기쁨이자 제가 살아 있다는 생생한 자기 증명이기 때문입니다.

저는 정치와는 다른 '영원한 사회 지도자'를 꿈꿉니다.

정치를 하고 싶은 마음은 없고 모든 이가 좋아하는, 그리하여 모든 이에게 삶의 활력소를 줄 수 있는 사회지도자로 남고 싶습니다.

김구 선생이 선각자적인 독립운동을 했다면, 저는 현실에 맞는 선구자적 역할을 하고 싶습니다.

그것은 즉 나를 필요로 하는 모든 사람들에게 도움을 주고 싶은 것입니다.

희망, 기쁨, 행복, 위로.

이런 지상에서의 최고 가치를 사람들에게 전달하는 '행복의 전도사'가 되고 싶습니다.

목차

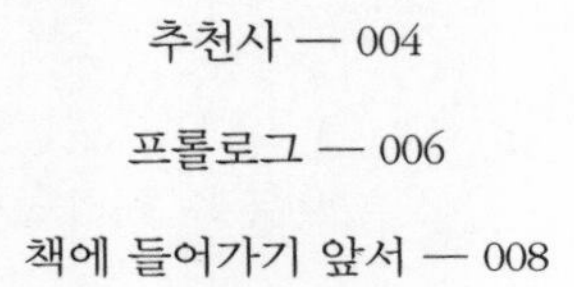

1

주말문자

하루가 다르게 번창하는 사업에
눈코 뜰 새 없이 바쁜 나날,
하루는 강릉에 갔을 때였다.
가을의 설악이었다.
그때 그 순간의 정취는 내 가슴을 뜨겁게 했다.
이 마음을 고향친구들과 함께하고 싶었다.
인생은 한 번씩 멈춰서 뒤돌아볼 때 더 아름답지 않나.
처음 보낸 문자는 이것이다.

"여자보다 아름다운 가을 단풍, 가을단풍보다 더 좋은 멋진 우리친구들, 여행을 가라."

그런 마음으로, 그런 느낌으로
친구들도 나도 살아갔으면 싶었다.

다리 떨릴 때 여행 가지 말고 가슴 떨릴 때 여행 가라는 말이 있다.

일상을 잠시 접으면 가까이 풍경이 보이기 마련이다.

그것이 계기였다.

그 후로 만남을 갖는 사람마다 매주 토요일 오후 2시,

인연문자, 주말문자를 보내게 되었다.

어느덧 친구는 5,200명이 되었다. 처음 시작한 그때가 96년도였다.

가을의 그 와락 쏟아지는 느낌의 발동이 아직도 나를 살아있게 한다.

토요일 오후 2시의 대화

> 친구를 통해 내 인생의 길이 하나 더 생기고
> 내 삶의 기회가 한 번 더 주어지는 것입니다.

친구란 또 다른 나와 같은 존재입니다.

우리는 친구라는 거울을 통해 나를 볼 수 있습니다.

지금 당신의 모습을 한번 바라보세요.

자세히 보면 그 모습 속에 길이 하나 나 있고

그 길은 바로 우리가 함께 걸어가야 할 인생길입니다.

> 자신을 꾸미는 일은 사치가 아니다.
> 무엇과도 바꿀 수 없는 존재가 되려면 늘 달려야 한다.

마음입니다. 내 모든 것이 마음으로 작동하고 살아가는 것인데

그 마음의 기분에 우리는 너무도 무심합니다.

가꿔야 합니다. 늘 새로이 단장해야 합니다.

마음에 주는 기쁨이 나의 행복으로 돌아옵니다.

배움이 없는 자유는 언제나 위험하며
자유가 없는 배움은 언제나 헛된 일이다.

균형은 늘 삶의 조화 속에서 움틉니다.
우리 육신에도 대칭이 있는 것처럼
만물에도 각자의 대칭이 있습니다.
서로가 서로에게 손을 잡아줄 때
그리고 육신과 영혼이 서로 조화로울 때
위험도 허망함도 우리를 잠식하지 못합니다.

어둡다고 불평을 하지 말고
작은 촛불을 하나라도 켜라.
이것이 희망의 불씨입니다.

희망은 멀리 있지 않습니다.
그리고 희망은 사람 안에 늘 있습니다.
눈을 맞추는 것. 소소한 대화를 건네는 것. 목례를 하는 것.
그것이 어쩌면 어둠 속의 불빛처럼
사람 간의 희망을 켜는 일이 아닐까요?
우리의 온기로써 오늘도 세상을 밝혀나갑니다.

인생을 생각하는 사람은 비극이고
인생을 행동하는 사람은 희극이다.
생각하면 행동합시다.

많은 현자들도 실천의 중요성을 빼놓지 않았습니다.

생각도 행동하지 않으면 철 지난 물건처럼 재고가 됩니다.

혹시 당신 안에 이제는 꺼내놓을 수도 없는

먼지 쌓인 물건을 채워놓고 있진 않으신가요?

정리합시다. 갈고닦읍시다.

그러기 전에 움직입시다.

삶은 어차피 연극인데 좀 멋들어지게 연극합시다.
여러분은 모두 주연배우입니다.

어차피 한 번 사는 거, 이런 말이 있습니다.

오늘 저는 이 말을 되뇌어봅니다, 어차피 내가 살 거.

내 인생인데 멋대로 산다고 해서

그게 정말 하찮은 이유겠습니까.

나름의 최선을 다하는 삶이 곧 멋대로 사는 게 아니겠습니까.

하고 싶은 거 하고 삽시다. 잘 안되면 다시 하면 됩니다.

우리는 막이 내릴 때까지 주목받는 주연배우니까요.

설탕 같은 말을 하는 사람이 있고
소금 같은 말을 하는 사람이 있죠.
설탕과 소금은 꼭 필요하죠.

사람은 어디에나 존재하고

좋은 사람도 싫은 사람도 어디에나 존재하고

그들에게 나도 좋은 사람으로

때론 싫은 사람으로 존재합니다.

그러나 다 같은 사람이기에

다 같은 우주이기에

온전히 우리가 아니라면

우리는 진정한 우리로서 존재할 수 없습니다.

날마다 내 창을 다녀가는 햇살처럼
환한 미소의 여러분이 있어 행복합니다.

친구가 건네는 안부, 딸 아이의 아기자기한 손짓,

동료들의 배려, 아내의 눈부심…

저는 행복합니다.

너무도 작은 것으로도 행복합니다.

이상하게도 그 행복은

작아서 더욱 소중합니다.

가을이야기 노송 있는 들녘 72.7x60.6 Oil on Canvas

가을이야기 72.7x53.0 Oil on Canvas

2 ◦•

한국재능기부협회 (2012년 11월~)

살아오면서 좀 더 현실에 맞게 누구나 참여할 수 있는 만남의 장, 보탬의 장을 만들고 싶었다. 내가 여태 기업인들이 모여 있는 단체에서 숨 쉬고 부대끼며 살아왔다면 이제는 기업을 이끌지 않아도 사회와 사람에게 가까이 다가갈 수 있는 기회를 마련하고 싶었다. 재능기부협회의 발단은 그렇게 이루어졌다. 생각해보면 개인과 기업 단체 등 각자만의 노하우나 달란트가 없는 곳은 우리 사회에 없었다. 나는 이것을 활용하여 소외계층에 도움을 주면 좋겠다고 여겼다. 비록 큰 성공은 아니었지만 작은 돈으로 창업하여 이룬 성공담을 통해 교도소, 구청, 실직자들에게 무료 창업 컨설팅을 해주며 나는 깨달았다. 그것은 바로 '내가 재능기부를 많이 하고 있구나.' 하는 것. 실질적인 재능기부의 설립계기는 이렇다. 나와 같은 사람들이 모여 필요한 사람들에게 재능을 나눠주면 이로울 것이라는 것. 망설일 이유가 없었다.

일례로 송헤어 송봉옥 원장님은 '재능'이라는 말을 쓰지 않고 '나눔 봉사'라는 좋은 표현을 해서 내 마음을 더욱 따뜻하게 했다. 송 원장님은 자신이 쉬는 일요일마다 군부대를 방문해서 군인들의 머리를 깎아주곤 했다. 또 짬이 나면 독거노인들을 찾아가서 미용 기능으로 '나눔 봉사'를 하셨다.

다시 말하지만 '나눔 봉사'라는 말이 듣기만 해도 좋다. 또 어떤 학생들은 교내 동아리를 만들어 추운 겨울 독거노인 분들에게 연탄배달을 해드렸다. 그들의 어깨를 주물러주고 담소를 나누고 같이 노래를 불러드리기도 하였다. 이것을 나는 재능 기부를 넘어선 마음 기부라고 부르고 싶다.

나에게는 창업이다. 최세규의 몫은 노하우를 나누는 데 있다. 이것이 나의 재능기부다. 자영업자 혹은 창업을 하고자 하는 사람들에게 내가 필요한 부분이 있어 행복하다. 내가 하지 못할, 보다 깊은 전문지식이 필요하다면 컨설팅 연결을 해줄 수 있는 인맥이 있으니 이 또한 행복하다. 나로서 사는 것 같아 나는 행복하다.

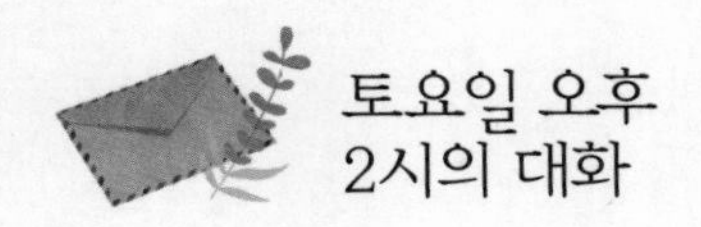

토요일 오후 2시의 대화

꿈을 날짜로 적으면 목표가 되고
목표를 나누면 계획이 되고
계획을 실행하면 현실이 됩니다.

우리의 꿈은 실체 없는 힘입니다.

꿈에 실체를 부여하는 것은 시간입니다.

우리는 유한한 시간으로 무한한 꿈을 재단하여 목표를 만듭니다.

목표는 계획으로, 계획은 실천으로, 실천은 현실로.

그렇게 당신의 꿈이 현실로.

꿈을 밀고 나가는 힘은 이성이 아니라
희망이며 두뇌가 아니라 심장이다.

차가운 이성은 현실에 꿈을 맞추려 합니다.

그 와중에 꿈은 잘리고 부서지고 전혀 다른 무언가가 돼 버립니다.

차가운 이성이 아닌 뜨거운 희망의 힘으로 꿈을 밀어주세요.

자동적으로 이성이 꿈에 어울리는 길을 열어 주게 될 것입니다.

나 자신과의 싸움에서 이기는 것이
내 삶에서 최고의 승리입니다. 행복한 주말 보내세요.

남과의 싸움에서 승리하는 것은 쉽습니다.
남과의 싸움에서 등을 돌려 떠나버리는 것도 쉽습니다.
하지만 자신과의 싸움은 그렇지 않습니다.
등 돌릴 수도, 도망칠 수도, 부정할 수도 없는 외로운 싸움.
매 순간마다 자기와의 싸움에서 승리의 깃발을 드시길 기원합니다.

나눔이란 물질을 나눠주는 것이 아니라
마음이 행복해지는 방법을 가르쳐주는 것이다.

큰돈이 있어도,
많은 보석이 있어도,
마음이 행복해지는 방법을 모른다면 나눌 수 없을 것입니다.
어떻게 하면 당신의 마음이 행복할 수 있을까요?
저에게도 알려주세요. 당신의 행복이 되어
당신 마음 한켠에 자리 잡고 싶습니다.

나는 사업을 하면서 시간이 흐를수록
좋은 콘텐츠보다는 사람이 중요하다는 것을 느꼈다.

사업을 시작하는 많은 사람들이 콘텐츠를 찾아 해맵니다.

'대박 콘텐츠!', '돈 버는 콘텐츠!', 하지만 어디에도 사람은 없습니다.

언제부터였을까요, 잘못되어 있는 걸 깨달았던 것은.

콘텐츠가 콘텐츠를 누리고,

콘텐츠가 콘텐츠를 만들어내는 것은 아닐 텐데.

콘텐츠를 만드는 것도, 누리는 것도 사람인 것입니다.

나무는 꽃을 버려야 열매를 맺고
강물은 강을 버려야 바다에 이릅니다.
오늘도 행복하세요.

나무는 꽃을 버려야 열매를 맺습니다.

주머니에 찬 돌을 빼어 버리지 않으면 황금을 넣을 수 없다고 합니다.

때론 얻는 것보다 버리는 것이 중요합니다.

갖고 있는 것을 잃어 고통스러운 시간인가요?

바로 그때가 더 큰 것을 맞아들일 준비를 해야 하는 순간입니다.

날 위한 시간을 가지세요.
하루 30분이라도 나만의 시간을 갖는다면
운명이 달라질 것입니다.

단 한순간도 남과 떨어져 있지 못하는 사람들이 있습니다.

남을 알고 남을 움직이는 데에 많은 시간을 투자하는 사람들입니다.

하지만 나는 어떤가요?

나는 나를 완전히 알고 있나요?

나는 나를 완전히 움직일 수 있나요?

오늘도 내 안에서 나를 기다리는 나에게 말을 걸어주세요.

남다른 미래를 원한다면 남다른 오늘을 살아라.
미래는 시작되었다.

현재, 과거, 미래는 사실 한 가지 순간의 상대적 표현일 뿐입니다.

순간순간 현재는 과거가 되고 미래는 현재가 됩니다.

당신이 아무 느낌 없이 흘려보내는 모든 현재가 당신이 꿈꾸던 미래입니다.

미래를 생각한다면 오늘을 사십시오.

미래는 이미 시작되었습니다.

봄이야기 산수유 마을 72.7x60.6 Oil on Canvas

3

딸과의 약속

현장에서 난 늘 주목받았고, 승부수는 빛났다.
어떤 영업에서도 실적으로는 따라올 사람이 없었으니
자연 솔깃한 동업 제안들이 자주 들어왔다.
사진을 입힌 수석 판매업에 손을 댄 것도 그즈음이었다.
본격적으로 사업을 시작했으나 돌아온 건 절망과 후회뿐이었다.
일 년이 지나자 통장의 잔고는 삼백만 원이 전부였다.
'동업은 하지 말라.'는 아버지의 충고를 저버린 대가였다.
실패의 원인을 생각하게 되었다.
내게 부족한 건 사업가적인 '정신과 목표', 그것이었다.
새로운 동기 부여가 필요했다.
무심코 무릎에 앉아 놀던 세 살배기 딸아이를 바라보며 물었다.
"주희야, 아빠 돈 얼마 벌까?"
그러자 아이가 대답했다.

"응? 음… 억!!"

"…………억?"

"응, 억억억!!"

"…………"

그래, 억을 벌어보자.

나는 초심을 잃지 않기 위해
아침에 출근할 때마다 딸아이를 바라보며
마음속으로 외치고 또 외쳤다.
'억, 억, 억……'

약속은 자주 보는 사람과 해야 잘 지켜진다고 한다.
저녁에 퇴근한 뒤에도 나는 마음을 가다듬고
보석처럼 초롱초롱 빛나는 딸아이의 눈을 바라보며 마음속으로 외쳤다.
'억, 억, 억……'
나는 그렇게 와신상담을 했다!
와신상담 끝에 나는 다시 일어섰다.

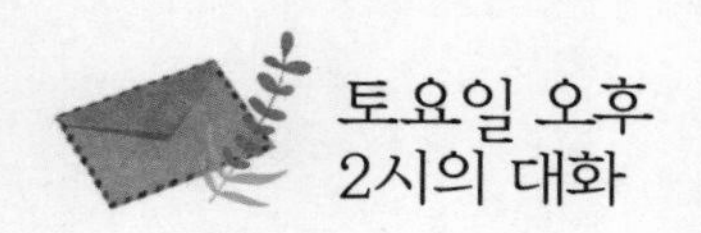

토요일 오후 2시의 대화

> 내 마음 속에 행복이 없다면
> 그 어느 곳에서도 행복은 찾을 수 없다.
> 행복 찾는 좋은 주말 되세요.

파랑새를 찾는 소년소녀들.

무지개의 끝이 맞닿은 폭포 속을 찾아도 보고,

유리와 황금으로 이루어진 궁전을 뒤져도 보고,

무서운 용이 지키는 보석더미를 들춰도 보고,

하지만 파랑새가 있는 곳은 소년소녀가 살던 오두막 안이었답니다.

> 내 목표는 70살이 되었을 때
> "이건 꼭 했어야 하는데"라고 후회하지 않는 것이다.

성공한 인생의 기준은 뭘까요?

'하고 싶은 걸 모두 해 본 인생'이야말로 성공이 아닐까요?

하고 싶은 것을 하며 한순간도 허투루 보내지 않고,

인생이 끝날 때 조용히 사라지겠다라고 웃을 수 있는 것.

굉장히 해볼 만한 도전 아닐까요?

내 인생엔 직진밖에 없다. 후진은 불가능하다!
불가능을 넘기 위해 노력하고 계속 노력하자!!

살다보면 누구나 많은 후회를 하게 됩니다.
그때는 이랬으면 어땠을까? 그때 이러지 않았다면 어땠을까?
하지만 질문은 처음부터 우리에게 소용이 없습니다.
우리는 뒤로는 페달을 돌릴 수 없는 자전거와 같기 때문입니다.
후진하는 법이 있다면 단 하나, 새로운 길을 만드는 것뿐입니다.

내가 오늘 죽더라도 세상은 변하지 않지만
내가 살아있는 한 세상을 변화시킬 수 있다.

머리카락이 빠진 자리에는 새것이 납니다.
잎이 떨어지면 그 자리에 새로운 것이 납니다.
내가 죽는다면 그것조차 세계에겐 떨어진 잎사귀 하나일 뿐.
하지만 살아있다면 숨 쉬며 동시에 세계를 숨 쉬게 할 것입니다.
살아있는 한, 세상을 변화시킬 수 있습니다.

내일 날씨의 변화는 내가 결정할 수 없지만
사랑과 행복의 지수는 내가 결정해 나갈 수 있다.

일을 계획하는 것은 사람이지만 그를 이루는 것은 하늘,
우리의 운명은 마음대로 할 수 없기에 때론 가혹합니다.
이럴 때 마음대로 할 수 없는 것 대신 할 수 있는 것을 생각하면 어떨까요?
우리가 마음대로 할 수 있는 건 우리 마음 속 사랑과 행복입니다.
기억하세요, 마음 밖은 운명의 영역이지만 마음속은 자신의 영역이라는 걸.

다른 누군가의 불을 밝혀주기 위해 등불을 켜면
결국 자신의 길도 밝히는 것이다.

숫자는 나누면 나눌수록 작아집니다.
컵에 든 물도, 지갑에 든 돈도, 나누면 나눌수록 줄어듭니다.
하지만 모든 나눔이 그러할까요?
한 사람이 등을 켜면 길 전체가 밝아지는 마법이 있습니다.
한 사람의 능력을 여러 사람을 위해 나누면 오히려 몇 배가 되는 마법입니다.

달이 지구로부터 달아날 수 없는 것은
지구에 달맞이꽃이 피었기 때문이다.

달은 생각합니다.

무엇이 나를 끌어당겨 나는 지구를 돌고 있을까 하고.

달맞이꽃은 대답합니다.

내가 당신을 보고 싶어서 당신을 끌어당기고 있는 거라고.

내가 지금 존재하는 것도,

나를 필요로 하는 사람이 있기 때문이겠죠?

당신은 당신이 되고 싶은 나무보다 더 높고
당신은 당신이 생각하는 당신보다 더 빛납니다.

자신을 완전히 알고 있는 사람은 거의 없습니다.

과학자들은 오늘도 완전히 풀리지 않는 인간 뇌의 비밀을 찾아 헤맵니다.

먼 달나라보다, 깊은 땅 속보다 신비로운 뇌가 우리의 본체입니다.

거울 앞에 서서 당신의 모습을 찬찬히 한번 바라보세요.

내 생각보다 빛나는 나를 느낄 수 있을 겁니다.

봄이야기 섬진강 91.0x65.2 Oil on Canvas

4

Tefal, 테팔

대한민국 주방체인점의 첫 활로를 연 '동양산업체인'이 출항한 후 전화는 연일 북새통이었다. 어느 날, 한 통의 전화가 걸려왔다. 그룹 SEB의 실무자라며 관계사로부터 소개를 받았다고 했다. 때는 북미를 시작으로 유럽, 브라질, 일본까지 번진 테팔Tefal열풍이 국내로까지 번지고 있을 때였다. 눌어붙지 않는 코팅 프라이팬의 인기는 실로 열광적이었다. 국내 유통을 맡아 줄 에이전시를 찾던 SEB. 테팔 개발사에게 누군가 날 소개한 것이다. 어느덧 '동양산업체인'은 '테팔의 한국 공식 총판사'로 선정되어 입지가 더욱 굳어졌다. 하지만 고유브랜드에 비해 테팔의 시장가치는 형편없었다. 기능적으로 월등함에도 불구하고 얼핏 봐서는 기존의 프라이팬과 다를 게 없었던 것이 문제였다. 주부들이 '가장 대중적이며 동시에 가장 충성도 있는 소비자'임을 나는 모르지 않았고, 창업 후로 줄곧 감각을 익히며 난 이번에도 확신했다. 일단, 프라이팬에 컬러 선물용 박스를 입혔다. 이제 프라이팬이 단순 소비재가 아닌 선물용으로 탈바꿈하였다. 내 확신은 맞아떨어졌다. 만족도와 재구매 의지는 확실했다. 매출은 놀라웠고 테팔의 모기업은 한국 테팔이 보여준 판매 전략을 거꾸로 벤치마킹하기도 했다.

국내의 동종 업체들도 하나둘 한국 테팔의 판매 전략을 모방해 '선물용 포장'으로 바꾸기 시작했다.

나는 또 아버님에게 보고 배운 귀중한 교훈을 가슴속에 되새기며 매출을 끌어올렸다.

모든 일은 미리미리 준비해야 한다는 아버님의 가르침을 실행한 것이다. 농사를 짓던 아버님은 꼭 농사 일기를 쓰셨다. 4월에는 모내기, 5월에는 김매기, 10월에는 추수를 준비하면서 일기를 쓰셨고 앞으로 해야 할 일들을 메모해서 꼼꼼하게 준비하셨다.

나는 아버님을 회상하면서 경쟁 업체보다 한발 두발 앞서서 준비했다. 봄이 오면 매출이 많이 일어나는 텐트, 아이스박스, 가스레인지 등을 미리미리 확보하고 시장의 동향을 살펴가며 발 빠르게 출시했다. 여름에도, 가을에도 나는 앞서 나갔다.

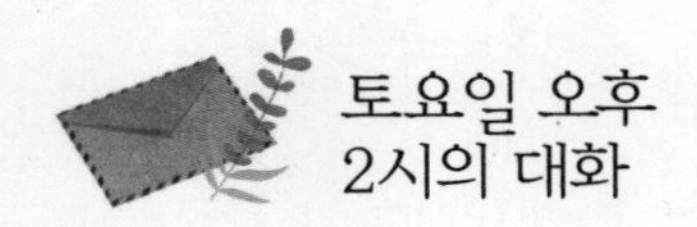

토요일 오후 2시의 대화

그렇게 성공하고 싶냐~
긍정적인 마인드와 준비된 자세, 노력,
배려심과 프로정신이 중요하지요.

긍정적으로 상황을 파악하는 마인드,

그리고 남들보다 한 발 앞서는 준비,

경쟁 이전에 주변을 배려하며 상생하는 배려심.

이처럼 성공에는 지름길도 모범답안도 없지만

분명 갖추어야 할 것들은 있겠지요.

긍정의 마음으로 보면 막다른 곳에서도 길을 만납니다.

그래서 뜻이 있는 곳에 길이 있다고 하나 봅니다.

사람의 일생은 짧지 않습니다.

하지만 두꺼워진 인생의 사진첩에 빛나는 사진만이 꽂힐까요.

암과 교통사고 다음으로 자살이 가장 큰 사망원인이라는 기사가

가슴을 칩니다.

막다른 곳에서도 긍정이 있고 뜻이 있다면 길이 있음을 기억하세요.
뜻이 없어 길을 보지 못한다면 너무나도 안타까운 일이 아닐까요.

> 기도하고 반성하는 사람은
> 하나님의 은혜를 담을 수 있을 만큼 마음이 넓어진다.

기도는 인간이 할 수 있는 가장 아름다운 행위입니다.
스스로의 나약함을 인정하는 기도,
자신 주변의 모든 것에 감사하는 기도,
사랑하는 사람들의 행복을 기원하는 기도.
반성은 또 어떤가요. 인간이 들어설 수 있는 고귀한 경지.
우리를 넓고 풍요롭게 만드는, 자신의 시간을 갖는 것으로
마음에 투자해보는 것은 어떤가요.

> 기쁨으로 새해 새날을 맞는다면
> 세상은 온통 향기롭고 아름다운 꽃동산이 될 것입니다.

새해를 맞이하는 행사는 언제나 성대합니다.
묵은 한 해의 슬픔은 모두 지나간 해로,
새로운 시간의 기쁨을 모두 새로운 해로,
이 글을 읽고 계신 분들에게도 여러 가지 일이 있었을 것입니다.
나쁜 일은 털어내 버립시다, 내 마음속에 돌아오지 않도록.

기쁨은 (+)더하고
슬픔은 (–)빼고
사랑은 (*)곱해서
삶을 함께 (/)나누는 가슴이 되세요.

수학자들은 이 세상을 공식으로 설명합니다.

그렇다면 우리의 삶에도 어떤 공식이 있지 않을까요?

기쁨을 더하여 슬픔을 빼는 삶.

삶을 함께 나누면 사랑은 곱해집니다.

우리의 삶을 구성하는 아름다운 공식입니다.

불변의 공식입니다.

꼭 껴안아주고 싶어지는 당신의 믿음직한 뒷모습에
오늘도 내 마음은 여전히 설렙니다.

사람의 첫인상을 결정하는 건 얼굴이라고 하지만

같이 하면 할수록 그 사람 뒷모습의 매력을 우리는 알게 됩니다.

가족을 위해 집을 나서는 부모님의 뒷모습,

패배했지만 더 나은 승부를 준비하는 선수,

화려하진 않아도 아름다운 뒷모습들에 저는 오늘도 설렙니다.

꽃보다 아름다운 미소는 당신의 솔직한 사랑입니다.
개나리, 진달래 친구 삼아 여행 다녀오세요.

바야흐로 봄이 한껏 싹트고 있습니다.

분홍빛 벚꽃의 물결이 흩날리고 개나리, 진달래가 미소 짓습니다.

풀잎들 사이는 또 어떤가요!

이름 없는 작은 꽃들까지 제각기 아름다움을 뽐내는 계절.

하지만 가장 아름다운 건 역시 당신의 미소입니다.

꽃은 아름다움을 약속하고
공기는 맑은 산소를 약속하듯이
나는 당신께 영원한 사랑을 약속합니다.

자연은 약속한 것을 지킵니다.

밤이 깊어지는 것은 해가 뜬다는 약속입니다.

추운 겨울이 오는 건 따스한 봄이 돌아온다는 약속입니다.

자연의 약속에 비해서 인간의 약속은 얼마나 약한지요.

하지만 용기를 내어 당신에게 약속해봅니다. 당신을 사랑한다고.

꿈과 희망은 절대로 당신을 버리지 않는다.
다만 당신이 희망을 버릴 뿐이다.

가끔은 어린 시절이 생각나곤 합니다.

세상 모든 것이 희망차고 신기했던 시절,

꿈은 또 어찌나 그리 많았는지요.

꿈과 희망이 날개가 달려 내게서 날아간 걸까요?

아니요, 안타깝게도 내가 떨어낸 것들입니다.

봄이야기 제주 162.0x130.3 Oil on Canvas

5

한국프랜차이즈협회 (1998년 2월~)

진척이 있나 싶었던 '프랜차이즈협회 창립'에 엉뚱한 복병이 끼어들었다. 협회설립의 기원이며, 사실상의 발기기관이나 다름없는 통상사업부 측이 돌연 태도를 바꾼 것이다. 대뜸 유사업종인 편의점협회가 수면 위로 부상하였고, 우리는 가맹점의 조직이나 규모가 영세해 입장이 난처하다는 얘기였다. 부적합하다는 판단 후, 인사권은 중소기업청으로 넘겨졌다. 하지만 상호 간 이해가 부족하고 동 업태 간 협업사업의 형태로 간주되어 총괄사로 중소기업협동조합중앙회가 떠올랐다. 다행히 이후 동 업종 간의 결합이 아니라는 결론을 내며 중소기업청 인가로 최종 확정될 수 있었다. 총 6개월간의 고전이었다. 이 성취는 점포수를 약 30만 개, 각 점포의 고용인을 5명이라 축소 가정하여도 총고용인 150만 명이라는 막대한 고용창출을 이룩할 수 있는 발단이며 이것이 국가경제에 이바지함은 두말할 필요도 없을 것이다. 이로써 1998년

1월, 롯데호텔은 손에 손을 마주잡은 '대한민국 프랜차이즈사업자단체 창립 발기인'들의 환호와 고함으로 메아리쳤다.

주요 발기인

BBQ그룹 윤홍근 회장, 회토랑 이병억 회장, 김용만 (주)김家네 회장, 조동민 (주)대대푸드원 회장, 박원휴 (주)체인정보 대표이사, 최세규 (주)테팔키친 회장 외 19名.

한국프렌차이즈협회는 현재 통상산업부 인가 사단법인이다. 협회 발전을 위해 수고를 많이 해주신 윤홍근 회장님, 이병억 회장님, 김용만 회장님, 조동민 회장님께 머리 숙여 감사드린다.

토요일 오후 2시의 대화

> 당신이 어떤 직위에 있느냐보다 어떤 사람인지를 기억하라.

까마귀가 털색을 희게 물들여도 그 새는 까마귀입니다.
어떤 화려한 옷을 입고 있어도 엑스레이 앞에선 뼈와 살을 가진 인간일 뿐입니다.
자신의 모든 것을 벗어던져야 할 때는 반드시 찾아옵니다.
그때가 되면 당신이 대답해야 할 질문은 하나입니다.
"당신은 어떤 사람입니까?"

> 두려운 것은 늙음이나 죽음이 아니라 외로움이지요.
> 서로가 있기에 외롭지 않은 것이지요.

인생의 황혼기에 이르러 가장 두려운 것은 무엇일까요?
시시각각 인생의 끝을 재촉하며 옥죄어오는 죽음일까요?
육체를 죽이는 것은 시간이지만 정신을 죽이는 것은 외로움입니다.
우리 옆에 아무도 없다면 외로움에 얼마나 두려울까요.
고맙습니다, 정말 고맙습니다, 내 옆에 있는 당신.

따뜻함이 그리워지는 계절.
사랑하는 사람에게 편지 한 통 띄우면 어떨까요?
잘 먹고 잘 사냐고.

추운 날씨에 밖에 나가기가 싫어지는 계절.

따뜻한 온돌목에 앉아 이런저런 상념을 떠올립니다.

겨울, 크리스마스, 사랑, 그리운 사람들…

그리운 사람들이 생각난다면 편지를 띄워보세요.

문자 메시지도 좋습니다. 이메일이면 더욱 좋습니다.

손으로 한 줄 한 줄 정성껏 쓴 편지는 더욱 좋습니다.

마음은 팔 수도 살 수도 없는 것이지만
남에게 줄 수 있는 유일한 보물이다.
언제나 사랑해요.

세상에서 가장 얻기 어려운 것은 무엇일까요?

재산도, 명예도, 권력도, 사람의 마음에 비하면 얻기 쉽습니다.

강제로 빼앗을 수도 없고 돈으로 얻을 수도 없는 것,

깃털보다 가볍게 날아가고 물처럼 손에 쥘 수도 없는 것,

이 귀한 마음을 남한테 준다면 얼마나 고귀한 선물인가요?

지금 여러분들께 제 마음을 드리겠습니다.

말솜씨는 그 사람의 인품이다.
꽃가지를 스쳐 오는 바람결처럼 향기롭고 아름다운 말만 해요.

남을 깎아내리기 위해 사용하는 말은 자신을 깎아내립니다.

자신이 볼 수 없는 자신의 얼굴이 거울에 비쳐지듯이,

자신이 알 수 없는 영혼의 모습은 말에 비쳐집니다.

당신이 내뱉은 말들을 종이에 적어보세요. 그것이 당신의 영혼입니다.

아름다운 향기가 나고 있나요? 혹은 지독한 악취가 나고 있나요.

말이 많으면 반드시 필요 없는 말이 섞여 나온다.

컵에 계속해서 물을 담으면 물은 넘쳐버리고 맙니다.

말을 지나치게 담으면 영혼이 말에 끌려다니게 됩니다.

당신이 적당한 말을 하면 말로 자신을 꾸밀 수 있습니다.

당신이 과도한 말을 하면 말이 당신을 만들어냅니다.

아는 것을 안다고만 말하고 모르는 것을 모른다고만 말할 일입니다.

무소유란 아무 것도 갖지 않는다는 것이 아니라
불필요한 것을 갖지 않는다는 뜻입니다.

당신은 얼마나 많은 것을 갖고 있을까요?

자신이 가진 걸 한번 적어 보세요, 그리고 세어 보세요.

그 중에서 당신에게 반드시 필요한 게 몇 개인지.

우리는 우리가 생각하는 것보다 많은 것이 필요하지 않습니다.

우리는 우리가 생각하는 것보다 우리만으로 충분히 빛납니다.

물이 너무 맑으면 물고기가 없고,
사람이 너무 살피면 친구가 없다. (명심보감)

사해라는 바다가 있습니다. 죽음의 바다라는 뜻입니다.

물고기 한 마리도 없는 이 바다는 거울처럼 투명합니다.

우리 곁에도 너무나도 까다로워 대하기 힘든 사람들이 있습니다.

그 주변은 사해처럼 투명합니다. 사람이 없는 것입니다.

사람이 사람의 마음을 얻을 수 있는 건,

관용과 포용 그리고 그 사람다움으로부터 시작됩니다.

> 미래의 행복을 확보하는 가장 확실한 방법은
> 오늘 허락된 행복을 한껏 누리는 것입니다.

미래의 행복은 항상 현재의 행복이 될 준비가 되어 있습니다.
마찬가지로 현재의 행복은 미래의 행복이 될 준비가 되어 있습니다.
지구가 항상 돌고 있지만 우리가 눈치채지 못하듯이,
우리는 미래의 행복이 현재의 행복이 되는 순간을 눈치챌 수 없습니다.
그렇기에 미래를 위해 노력하되, 오늘 허락된 행복을 누리세요.
그것이야말로 가장 현명한 삶을 살아가는 방법입니다.

겨울이야기 하동 162.0x130.3 Oil on Canvas

6 ○●

아직도 배웁니다

89년에 시작한 사업으로 6년 반 만인 96년, 나는 마지막 목표였던 사옥을 올릴 수 있었다. 하지만 마음은 이상하게도 공허했다. 나도 아직 깨닫지 못한 나의 숨어있던 면이 떠올랐던가. '이젠 돈 버는 게 전부가 아니다. 사람을 향하자.' 나의 어딘가가 나에게 말하고 있었다. 나는 사람을 찾아나서기에 이르렀다. 나보다 똑똑하고 더 배울 점이 있는 사람 곁에 머무르고 싶었다. 그 여로 중의 하나가 바로 고려대학교의 유통최고경영자과정이었다. 그곳에서 우연찮게 나는 그 모임의 분위기를 만들어가고 있는 자신을 발견하였다. 주머니에 송곳을 넣는다고 튀어나오지 않을 순 없다고 했던가. 대화 속에 또는 인사말 속에 나도 모르던 나의 리더십 그리고 포용력이 그곳의 사람들을 끌어모으고 있었다. 나는 어느덧 회장을 맡고 있었다.

그 후로 사람들 앞에서 말할 자격과 기회를 가질 수 있었다. 그러한 경험은 사업 외길만 걸었던 나에게 어디서도 얻지 못할 배움이 되었다. 현재 나는 단체장을 맡고 있긴 하지만 지금 이 자리에 오기까지 경영자 과정을 거쳤던 소조직의 운영경험이 없었다면 이 자리는 아마 불가능했을 것이다. 연세대학교 프랜차이즈 최고경영자 과정. 한국체육대학교 WPTM 최고경영자 과정. 한국생산성본부 KPC 최고경영자 과정. BWS강남와인스쿨 최고경영자 과정. 데일카네기 최고경영자 과정. 가천대학교 골프 최고경영자 과정. 조선포럼 최고경영자 과정. 고려대학교 한화 최고경영자 과정…. 이렇게 9개 최고경영자 과정을 모두 이수했고 9개 최고경영자 과정에서 모두 회장을 역임했다. 나는 그런 과정을 통해 리더십과 포용력을 익혔고, 인간관계의 중요성을 깨달았다. 그때 그 경험들이 지금의 재능기부협회를 이끄는 데 큰 도움이 되고 있다. 그렇게 나는 준비해왔지 않았나 생각한다. 작은 모임을 끌어오면서 그때는 지금을 알기나 하였을까. 그때의 마음가짐이 지금의 마음가짐을 움직인다.

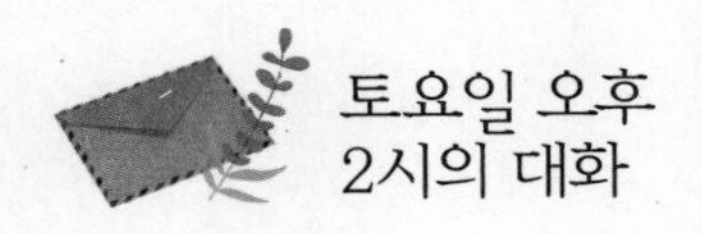

토요일 오후 2시의 대화

미소는 행복을 만들고
인사는 마음을 열게 하고
칭찬은 무한한 용기를 준다.

망망대해 위에 배를 띄워 움직이려면 뭐가 필요할까요?
바람을 받을 커다란 돛, 바람이 없을 때를 대비한 노.
망망대해같은 사람의 마음을 움직이려면 뭐가 필요할까요?
행복을 만드는 미소, 마음을 여는 인사, 용기를 주는 칭찬.
그 어떤 불가능한 일도 이루어낼 수 있는 마음으로 가득 찹니다.

미움보다 더 무서운 것은 무관심이지요.
사랑하는 마음은 작은 관심에서 시작되지요.

칼을 들지 않고 사람을 죽일 수 있는 방법이 있을까요?
바로 무관심입니다. 무관심은 사람을 부정하는 개인주의입니다.
그렇기에 무관심에 의해 사람은 죽음에 이를 수도 있다고 합니다.
만약 주변에 무관심의 늪에 빠진 사람이 있다면 작은 관심을 보여주세요.

당신은 그에게 있어 세상 그 무엇보다도 소중한 사람이 될 수도 있습니다.

반복해서 실행한 것이 우리 자신이 됩니다.
탁월함은 하나의 사건이 아니라 습관입니다.

나는 누구인가요?

나를 움직이는 것은 무엇인가요?

나를 당연하게 하는 것은 어떤 것인가요?

그것은 '습관'입니다.

습관이 우리를 만듭니다.

우리의 생활도, 우리의 능력도, 우리의 미래도,

지금 이 순간 우리 자신도.

벗이 애꾸눈이라면 나는 벗을 옆얼굴로 바라본다.

애꾸눈을 한 사람이 벗을 만났습니다.

그는 눈앞의 자신이 흉한 애꾸눈이라 미안함이 앞섰습니다.

하지만 벗은 옆에 서서 멀쩡한 눈만을 바라보았습니다.

미안함이 사라지고 어색함이 사라지고 둘은 즐거웠습니다.

배려는 천금보다 더 가치 있게 사람의 마음을 움직입니다.

병사가 교만하면 싸움에서 반드시 진다.

교만은 사람의 발목을 붙드는 지뢰입니다.

교만은 사람의 눈을 가리는 안대입니다.

교만은 판단을 흐리게 하는 술과 같습니다.

약하다고 반드시 패배하라는 법은 없지만,

약함보다 더욱 약한 것은 이런 교만입니다.

교만한 자는 반드시 패배합니다.

봄이 오는 소리가 들리네요.
겨울잠에 깨어난 개구리가 여행을 가네요.
우리도 행복 찾아 길을 떠나요.

봄의 소리가 들립니다.

가기 싫은 겨울이 투정을 부리지만 의연히 봄은 옵니다.

쌀쌀한 바람 속에 느껴지는 봄 햇살.

나무들은 초록을, 일대는 서둘러 꽃봉오리를 준비하고,

개구리는 인간보다 먼저 깨어나 여행을 준비합니다.

우리도 일어납시다. 다시 힘을 냅시다.

부족한 것에 서러워하지 말고 남는 것에 최선을 다하라.
행복한 주말 되세요.

내가 가지지 못한 능력은 그림 속의 떡입니다.

아무리 탐스러워 보여도 아무런 소용이 없습니다.

질투해봤자 무슨 이득이 있을까요?

닭 울음을 따라할 수 있는 능력이 한 나라의 재상을 만들었습니다.

자신이 갖고 있는 능력이, 그 능력으로 자신을 아낌없이 발휘할 때

자신이 빛나는 것은 물론입니다.

불 때우기엔 오래된 장작이 좋고
마시기에는 오래된 술이 좋고
신뢰하는 것은 오래된 친구가 좋다.

장작은 오래되어야 불이 잘 붙습니다.

술은 오래되어야 진정한 맛이 느껴집니다.

오래된 친구가 좋은 것은 왜일까요.

서로를 알기 때문입니다. 맞아들일 수 있기 때문입니다.

서로가 서로의 준비가 되었기 때문입니다.

서로의 모든 것을 신뢰할 준비가.

빵의 유효기간 7일.
우리 인생의 유효기간은 얼마일까요:
유효기간 지나기 전에 열심히 삽시다.

냉장고를 열며 식량들의 유통기한을 훑습니다.

빵 7일, 우유 14일, 고기 한 달…

우리 인생의 유효기간은 얼마일까요?

유효기간이 있다는 건 슬프지만

동시에 받아들여야 할 축복입니다.

그것은 한 순간도 시간을 낭비하지 않고

우리의 인생을 살아갈 수 있기 때문입니다.

산이야기 설악 귀때귀청봉에서 194.0x130.3 Oil on Canvas

7 ○●

신지식인협회 (2006년 11월~)

하루는 제2건국위원회 신지식인담당사무관에게서 전화가 왔다. 제대로 된 답을 내주지 못했다. 3개월을 연락해왔다. '그래 만나보자.' 요지는 이랬다. "신지식인 사업을 더 이상 정부에서 지원할 수 없다. 이 사업을 할 수 있는 협회를 만들어 달라."는 제안이었다. 당시 신지식인협회는 유명무실해졌다. 경영진들의 리더십 부족, 경제력 부족 등으로 결국은 사단법인 시작 6개월도 채 못 되어 신지식인협회는 사실상 해체되었다. 어느새 나의 마음은 그의 마음을 따르고 있었다. 정보화시대에 꼭 필요한 신지식인협회를 내 손으로 일으켜 세우고 싶었던 것이다. 서울은 물론 전 지방대구 광주 울산 부산 제주도 강원도을 다니면서 신지식인협회 필요성을 알리던 어느 하루. 밤늦게 광주에 가 야간열차를 타고 돌아오는 길이었다. 나는 생각했다. "내가 왜 이런 고생을 하는 것인가?" 하지만 지금 와 생각해보면 그 배를 탄 것은 잘한 일이었다고 생각한다. 정부가 바뀌더라도 좋은 정책은 계속 이어져야 한다는 사명감. 그것의 전파로 각 기업체들과 중소기업인들에게 줄 수 있는 희망. 그것이면 나의 역할은 된 것이 아닐까. 그 당시 나는 물론, 누군가가 이 일을 맡지 않았다면 정부가 바뀌어 신지식인은 잊혀버렸을지도 모른다. 그렇게 나는 1, 2, 3대 신지식인 회장을 역임하였고 정부가 바뀌었어도 지금도 유일하게 그 정책을 갖고 간 것이 신지식인 운동과 새마을 운동뿐이다. 내겐 험난한 시대를 통과해 온 신지식인으로서의 사명이 있다. 그래서 나는 800명이 넘는 신지식인들을 추가로 선정했다. 그들은 각 현장에서 자신의 맡은 역할을 하면서 자신들의 영역의 부가가치를 높이는 신지식인으로서의 자부심을 보여주고 있다.

어떤 사람이든 합당한 대우를 받는다면 그 대우에 걸맞는 행동을 보여주게끔 되어있다고 나는 믿는다. 이 타이틀의 힘을 나는 7년째 신지식인 사업을 하며 느껴왔다. 모두가 가치 있는 인간형으로 거듭나 사회에 자신의 역량을 발휘하는 것. 그러한 작용으로 눈부신 사회. 그날이 멀지 않았다.

토요일 오후 2시의 대화

> 나무와 나무처럼 적당한 거리에서
> 서로의 그늘이 되고 힘들 땐 힘이 되어 드리겠습니다.

당신의 나무가 되고 싶습니다.

지치고 삶이 노곤할 때 기대어 쉬실 수 있다면 좋겠습니다.

잠이 들면 그늘로 이불을 덮어드리겠습니다.

그러다가 일어나 씩씩하게 걸어 나갈 수 있는

하늘을 바람이 불어 흔들린 양

보여드릴 수 있다면 더 좋겠습니다.

> 사람은 두 개의 이름을 갖는다.
> 하나는 태어나면서 얻고 또 하나는 스스로 만들어 내는 것이다.

꿈과 열망이 그 이름입니다.

자신은 현재 어떤 이름을 짓고 있는지

한번쯤 뒤돌아보는 것도 의미 있는 일입니다.

또한 그 이름을 이미 지었다면

얼마큼 그 이름이 빛나고 가치 있는지 뒤돌아보는 것도 필요합니다.

부모가 주신 이름처럼 자신이 자신에게 부여한 가치 있는 이름, 누가 불러주는지, 자신은 자신 있게 대답할 수 있는지 생각해보는 오후입니다.

> 주먹을 쥐고 있으면 악수를 할 수 없고
> 마음을 닫고 있으면 진정한 행복을 나눌 수 없다.

유연함과 여유가 미덕으로 떠오르고 있는 요즘입니다.
유연한 사람은 잘 휘어지는 풀처럼 쓰러지지 않고
여유가 있는 사람은 너른 품으로 사람을 감싸 안을 수 있는 힘을 갖고 있습니다.
혹시 자기 자신에게 너무 완강한 사람이 되어가고 있는 것은 아닌지
그리하여 나눌 수 있는 깊이마저 봉쇄해버리고 있는 것은 아닌지
돌아봐야 할 시점입니다.

감정은 즉시 행동하도록 항상 강요하지만
지혜는 행동할 적절한 때를 항상 기다린다.

자신을 제어하는 마음공부 또한 우리가 게을리하지 말아야 하는 덕목입니다.
세상을 살아가는 데 있어 자신을 컨트롤하고 때를 도모할 줄 아는 마음,
감정이 앞서 일을 그르치는 일은 없어야 할 것입니다.
그러기 위해선 생각을 분명히 하고
행동은 늘 남의 시선으로 바라볼 줄 아는 마음의 여유가 필요합니다.

내 안에 있는 사랑의 소금, 재능의 설탕으로
사람들의 삶에 행복의 맛을 내어 주어요.

여러분은 어떤 요리로 삶을 장식하고 계신가요?
저는 맛난 삶을 위해, 맛난 행복을 위해 오늘도 저를 맛봅니다.
때론 달콤하고 때론 씁쓸하지만 이러한 맛들이 이루어낸
저라는 요리를 당신에게 드리고 싶습니다.
당신의 삶에 늘 깊은 맛을 가진 요리가 되고 싶습니다.

나이는 칠을 더할 때마다 빛을 더해가는 옻과 같고
자신의 몸에 매력이 더해지는 것과 같다.

노인에게서 깊이를 보고 아이에게서 환희를 보는 이맘때입니다.
세상은 점점 자신을 포장하고 익명 뒤에 서서
자신을 감추기를 바라는 듯하지만
사람은 사람다운 모습으로 드러날 때가 가장 아름다운 법입니다.
웃는 모습, 찡그린 모습, 슬픈 모습까지 모두 다
그 사람이 살아온 내력의 표정이니
자신의 매력을 마음껏 표출하시길 바랍니다.

리더는 얼마나 많은 사람을 그가 섬기는가로 이뤄진다.
리더는 남을 먼저 배려하는 것이다.

감성경영, 제가 늘 경영자들에게 하고 싶은 말입니다.
리더는 그 집단의 우두머리이므로
그 영향력이 가장 클 수밖에 없음은 물론입니다.
그러기에 리더의 모습이 곧 그 집단의 모습이 되는 경우를
우리는 심심찮게 볼 수 있습니다.
리더가 자애롭다면, 리더가 겸손하다면,
리더가 대우받기보다 대우한다면, 리더가 스스럼없는 친한 지인
같다면…

이러한 가정법을 리더에게 대입해본다면

많은 변화가 일어날 것임은 물론입니다.

그리고 그러한 변화는

사회를 아름다운 집단으로 만들 것임이 자명합니다.

3%의 소금으로 바닷물을 썩지 않게 하듯이
내 맘 3%의 고운 마음으로 빛나는 하루가 되시길!

바닷물에 함유된 3%의 소금이 바다 속 생물들을 살립니다.

단 몇 mg의 비타민이 우리의 몸을 약동하게 합니다.

3%의 배려, 칭찬, 공감이 우리들을 빛나게 합니다.

오늘도, 태양처럼 빛나는 하루가 당신에게 깃들기를.

가을비가 마음을 적시네요.
가을의 향기, 추억, 기다림, 그리움, 풍요로움을 느끼는 한 주 되세요.

가을비는 참 각별합니다.

비 내리는 속 가을향기 물씬 풍기는 낙엽들,

비를 끌어안고 풍요로운 가을 녘 들판,

빗소리에 떠오르는 행복한 그리움…

기다릴 무언가가 있다는 것은 행복합니다.

가을이야기 울릉도 만추 162.0x130.3 Oil on Canvas

8 ○●

웨딩콘서트

재능기부를 겸한 콘서트를 많이 열고자 했다.

내가 형성한 흐름이라곤 할 수 없으나 즐길 수 있는 나눔의 문화가 내심 뿌듯했었다. 그날은 3급 장애인 부부의 결혼식이 있는 날이었다. 신랑은 당뇨병을 앓았다. 주례사 도중 신랑이 쓰러졌다. 엄홍길 대장과 나는 그를 의자로 부축하여 마저 결혼식을 치를 수 있었다. 그러나 마음이 문제였다. 그가 쓰러졌을 때 나의 어딘가도 같이 쓰러졌던 것이다.

그 순간, 참석한 모든 이의 마음도 그랬으리라. 이렇게 약하고 너무도 약한 육신을 누가 돌보겠는가. 우리가 진정으로 돌보지 않는다면. 쓰러진 그를 일으켜 세우고 나니 그동안의 재능기부 활동이 주마등처럼 스쳐 지나갔다. '나는 혹시 남을 도와준다는 명분으로 혹시나 자만심으로 가득 찬 행동을 해왔던 것은 아니었는가.' 진심으로 아파하고 진심으로 그들을 바라보았는지 나는 나에게 물었다. 그날은 내가 누군가에게 감동을 준 것이 아니라 내가 감동을 받은 날이었다. 아니, 진실된 마음이란 무엇인가를 내가 그에게 얻은 날이었다.

토요일 오후 2시의 대화

> 건강한 자는 모든 희망을 안고,
> 희망을 가진 자는 모든 꿈을 이룬다. (아라비아 격언)

당신이 입고 있는 옷 한 벌은 언제부터 갖고 있었습니까?

쓰고 있는 물건 하나는 언제 갖게 된 것입니까?

오로지 우리 몸 하나만이 우리가 처음으로 갖게 되는 모든 것입니다.

우리의 몸은 우리의 희망이고 우리의 꿈입니다. 건강하세요.

> 겁준다고 겁먹지 말되 겁 없이 살지 마라.
> 칭찬한다고 자존하지 말되 자존 없이 살지 마라.

남이 주는 겁을 두려워하면 용기가 없는 것입니다.

자기 자신이 주는 겁을 두려워하지 않으면 만용입니다.

남의 칭찬에 자존하는 사람은 오만한 사람입니다.

자기 자신에 자존하는 사람은 자신감 있는 사람입니다.

당신을 움직이는 건, 당신 자신이 되어야 합니다.

거울은 절대 먼저 웃지 않는다.
내가 웃을 때 따라 웃는 거울처럼 늘 행복한 웃음 간직하세요.

'네가 받고 싶은 것을 먼저 남에게 하라.'

성경의 격언이 말하듯, 세상은 커다란 거울과도 같습니다.

지금 거리로 나가 열 사람에게 미소를 지어 주세요.

백 사람의 미소가 당신에게 가득할 것입니다.

결실의 계절과 함께 찾아온 추석.
모든 분들 가슴마다 정겨운 추석으로 물들었으면…

금빛 논밭과 함께 올해도 추석이 돌아왔습니다.

차례상 위 조상님들께 감사를 하나,

같이 식사하며 주변 사람들에게 나눔을 하나,

내가 지금의 나에게 행복을 하나,

음식은 줄어들면서 기쁨은 배가 됩니다.

겸손한 사람은 자기 자신에 관해서는 결코 말하는 법이 없다.
남 칭찬만 있을 뿐. 즐거운 주말!

팔불출이라는 말을 아시나요?

자기자랑, 가족자랑, 학교 자랑…

자신을 자랑하는 자는

자신을 어리석게 하는 자입니다.

남을 칭찬하는 사람은

자신을 현명하게 만드는 자입니다.

겸손할 줄 모르는 자가 성공한 것을 본 적이 있는가.
겸손은 인생에서 성공하기 위한 첫 번째 열쇠이다.

다 익은 벼는 고개를 숙입니다.

꽉 채워진 그릇은 흔들어도 소리가 나지 않습니다.

진정 현명한 사람은 겸손합니다.

겸손으로 자신을 항상 새롭게 바라보며,

성공의 문 여시는 하루 되시길.

계란이 스스로 깨어나면 새 생명이 되고
남이 깨면 후라이가 된다. 새해 복 많이 받으세요.

그릇에 오르지 않았다면 하늘에 올랐을지,
샛노란 계란 노른자 속 병아리의 운명.
차이는 그저 스스로 알을 깼느냐 깨지 못했느냐, 이뿐.
스스로 알을 깨고 하늘을 향해 박차 오르는, 그런 새해 되세요.

고난 속에서도 희망을 가진 사람은 행복의 주인공이 되고,
고난에 굴복하고 희망을 품지 못하는 사람은
비극의 주인공이 됩니다.

불행과 고통이 온 세상에 퍼질 때,
상자 속 희망에게 너는 왜 움직이지 않느냐 하였습니다.
불행과 고통이 저 멀리 날아가 버린 건,
상자 속 희망이 내게서 떠나가지 않았기 때문이었습니다.
희망이, 행복을 만듭니다.

고민은 많은 지식을 무용지물로 만들고
겸손은 적은 지식도 풍요롭게 합니다. 좋은 주말.

백 갈래의 길이 있어도 전혀 움직이지 못한다면 무용지물.

선택지를 보여주는 것은 당신의 지식이되

선택지를 선택하는 건 당신의 의지.

당신의 선택을 존중하되 당신의 선택에 겸손하세요.

바다이야기 통영 91.0x72.7 Oil on Canvas

9 ◦•

모두를 위하는 일

나도 농촌 출신이다. 군대 생활도 힘들게 했고 시골에서 일도 열심히 해봤다고 자부하는 나다. 협회 사람들과 함께 농촌봉사활동에 겁 없이 뛰어들었던 하루였다. 때는 2014년 7월 20일, 장소는 경기도 양평 블루베리농장이었다. 명색이 봉사라는 이름으로 걸음을 나섰는데 그 여름 7월의 뙤약볕, 나는 오 분도 채 버티기가 힘들었다. 블루베리 농장. 잡초를 일일이 다 베어야 하는 일이었다. 2시간 정도 했을까 속옷이 온통 젖어있었다. 점심 때가 되어 주인이 손수 묵밥을 사주었다. 그 묵밥은 그냥 묵밥이 아니었다. 유명한 불고기집이나 어느 레스토랑, 호텔에 있는 횟집에서 먹었던 어떤 끼니보다도 훨씬 맛있는 것이었다. 사람의 느낌과 감정 그리고 감성이 비록 묵밥 하나이지만 그 의미를 어마어마하게 했다. 다시 오후, 그 힘든 걸 어떻게 하지 했지만 걱정보다는 하고 싶다는 마음, 그렇게 힘들어도 내가 그 현장에 있었다는 뿌듯함이 나를 움직이게 했다. 돈 받고 하는 일이라면 엄청난 돈을 받아도 못했을 텐데 봉사라는 마음가짐이었기에 나는 힘들어도 참고 할 수밖에 없었다. 그리고 할 수 있었던 거라고 생각한다. 그렇게 일을 다 마치고 나오며 나는 그때 품었던 생각을 여기에 풀어놓고자 한다.

안도현 시인의 〈너에게 묻는다〉라는 시가 생각났다.

연탄재 함부로 차지 마라
너는
누구에게 한번이라도 뜨거운 사람이었느냐?

타다가 꺼진 연탄불처럼 누군가에게 내 온몸을 활활 불태워 바쳐서 단 한 번이라도 누군가에게 따스한 사람이었던가?

모르긴 해도 단 한 번이라도 죽을 만큼, 온 힘을 다해서 타인을 위해 땀을 흘려본 적이 있는 사람이 많지는 않을 것이다. 정치인이나 교수님으로 명성을 떨치는 분들이나, 평범하게 살아가는 사람들이나…….

진실된 경험조차 없이 이루어지는 무의미한 탁상공론과 남을 평가하고 가르는 것.

느껴보지도 못하고 진실로 느껴본 사람들을 재단하는 것.

직접적몸으로 살아내고 말을 담아라. 그러한 사람만이 진정 사람을 움직이는 말을 할 수 있는 것이다. 나는 말로만 하는 정책이나 설파가 와 닿지 않는다. 그리고 내 일도 그렇게 하지 않았다고 자부한다. 그리고 그것이 결국은 나를 위한 봉사이자 나를 위한 길이라고 생각한다.

토요일 오후 2시의 대화

더 부지런히
더 열심히
그 순간을 사랑할 것을…
모든 순간이 다 소중한 꽃봉오리인 것을…

꽃봉오리가 아름다운 것은 다 피지 않았기 때문입니다.

미처 다 피지 않은 꽃봉오리엔 화려한 미래가 숨어 있습니다.

우리의 순간순간도 꽃봉오리와 같습니다.

무심히 지나가는 것 같아도 그 안에 미래가 있습니다.

정성을 다해 우리의 순간을 미래로 꽃피울 수 있기를.

돈 버는 것은 기술.
돈 쓰는 것은 예술.
봉사는 선택.
나눔을 실천하는 우리가 됩시다.

돈 버는 건 자신의 현재를 바꾸는 기술입니다.

돈 쓰는 건 자신의 미래를 바꾸는 예술입니다.

봉사를 하는 건 세상을 바꾸는 선택입니다.

우리의 세상을 송두리째 바꿀 수 있는 엄청난 힘,

그것은 바로 위대한 나눔.

나눔을 실천하여 세상을 아름답게 바꿉시다.

동구 밖에 청포도 익어가는 가을.
오곡백과 무르익는 계절
가을의 풍요로움 다 가지시길…

건드리면 톡 터질 듯, 한 알 한 알 상큼하게.

동구 밖에 주렁주렁 익어가는 청포도가 그립습니다.

오곡백과가 풍요롭게 익어가는 가을,

사시사철 풍요롭기에 특별하지 않은 현대의 가을이지만,

익어가는 청포도와 같은 마음을

제가 아는 모두에게 전달하고 싶습니다.

마음을 적시는 눈이 내리는 오후.
따뜻한 사랑과 정이 넘치는 즐거운 주말 되세요.

올해 들어 처음으로 함박눈이 내립니다.

이번엔 제법 많구나, 새하얗게 하늘을 뒤덮는 눈발.

눈이 새하얗게 쌓이면 뛰쳐나올 아이들의 미소는 행복.

눈 오는 날 교통을 위해 팔을 걷어붙이는 분들의 노고는 고마움.

이런 따뜻함으로 따뜻한 하루를 맞이합니다.

미끄럼 조심하시고 건강하게 겨울을 보냅시다.

마음이 없으면
보고도 눈에 보이지 않고
들어도 귀에 들리지 않는다.
행복한 주말 되세요.

우리의 마음은 참 신비롭습니다.

마음이 있는 상대는 얼굴 빛까지 알아봅니다.

마음이 없는 상대라면 바로 앞에서 봐도 돌아서면 잊습니다.

한번쯤 내 주변을 돌아보고, 마음을 줍시다.

그러면 그들이 좀 더 선명하게 다가올 것입니다.

만남을 가짐으로써
헤어짐도 이미 정해져 있기에
항상 감사하고 소중하게 사랑하라.

태어난 이상 죽는 것이 정해져 있고,

만나는 순간 헤어지는 것이 이미 정해진 세상의 이치입니다.

하지만 우리의 헤어짐은 슬퍼하기 위해 정해진 건 아닙니다.

그것은 지금 항상 감사하고 사랑하기 위해 정해진 것입니다.

지금 이 순간, 저의 사랑을 드립니다.

만일 이 세상에서 행복을 만들어 내는 공장이 있다면
그 공장의 주인은 바로 웃음일 것이다.

우리의 몸은 작지만 하나의 우주와 같습니다.

쉬지도, 멈추지도 않는 작은 우주.

한 번 거울을 보며 미소를 지어 보세요.

이런 굉장한 우주에 우리의 행복을 만들어 내는 공장이 있다면,

그 공장의 주인은 분명 우리의 웃음일 것입니다.

많이 웃을 수 있고
누군가 당신으로 인해 미소 짓는다면
당신은 이미 아름다운 사람입니다.

하품에는 전염성이 있다고들 합니다.

눈물과 미소 역시 전염성을 가지고 있습니다.

유명한 사람의 자살 등은 사람들에게 우울을 전염시킵니다.

하지만 어린아이의 천진난만한 미소는 옆 사람을 웃게 합니다.

당신의 미소 한 번이 주변의 모든 사람들을 웃게 함을 기억하세요.

무엇인가 하고 싶은 사람은 방법을 찾아내고
아무 것도 하기 싫은 사람은 구실을 찾아낸다.

공부하기 싫어 몰래 놀러나가려고 해 본 적 있나요?

몰래 나가기 위해 넘어야 하는 수많은 난관,

걸리면 부모님께 회초리를 맞을 거라는 강력한 위험부담.

그럼에도 어찌나 나갈 방법을 그리도 잘 찾아냈는지요.

어릴 적부터 구실을 찾아내곤 했던 겁니다.

하지만 이제, 무엇인가 정말로 하고 싶다면, 어떻게든 방법을 찾아낼 때입니다.

바다이야기 통영 91.0x72.7 Oil on Canvas

10 ○●

청계천에서

신당동 동화극장 지하상가에 얻은 사업장엔 해가 들지 않았다. 월세 30만 원으로 작고 허름한 지하 매장이었다. 좋은 물건 쌓아놔도 손님이 찾아올 리 만무했다. 몇 가지 물건을 챙겨 지하철 입구에 매대를 차렸다. 제법 눈길을 끌었지만 바로 팔지 않고 지하상가 매장으로 오시길 청했다. 열에 한, 둘이 고작이었지만 찾아온 손님에게 열심히 상품 설명을 했다. 그러자 매출은 하루가 달랐고 주문은 쇄도했다. 어느덧 지하철 매대를 할 필요가 없게 되었다. 한번 고객은 단골이 되어 또 다른 고객과 함께 다시 찾아왔다. 허리 한번 필 사이 없이 바쁘게 살았다.

어느 해 봄인가, 생일을 축하해준다는 내부 고객직원들이 고마워 집에서 밥 한 끼 대접하려고 다 같이 조금 일찍 퇴근을 하였다. 숱하게 드나든 청계천고가를 지나는데, 그때였다. 무심코 저녁

하늘을 올려다보니 빨갛게 해가 지고 있었다. 순간, 뭐라 말할 수 없는 설움이 북받쳤다. 아…! 해가 지기 전에 퇴근하는 것이 6년만이던가? 설움이 북받쳐 눈물이 그렁그렁 고인 눈으로 나는 고개를 들어 하늘을 보았다. 얼마만에 올려다보는 하늘인가. 얼마나 아름다운 노을인가. 나도 모르게 어린아이처럼 흐느껴 울었다. 그리고 '십 년 안에 올리리라' 작정한 사옥엔 가속이 붙었다. 7년이 되는 1997년 2월이었다. 본래의 일정을 삼 년 당겨 나는 드디어 '동양빌딩'을 세워 올렸다.

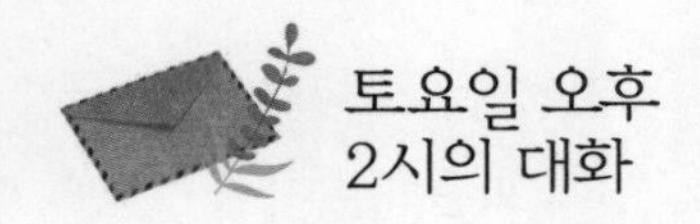

토요일 오후 2시의 대화

구름이 해를 가려도 해는 변함없듯이
그대를 생각하는 나의 마음은 언제나 그대로입니다.

해가 그림자에 가렸다고 해가 없어진 건 아닙니다.

달의 뒷면이 보이지 않는다고 달이 앞면만 있는 것은 아닙니다.

우리들 사이에 수많은 일이 그림자를 드리우고 우리를 어둡게 만들지만 나의 그대를 사랑하는 마음이 없어지는 건 아닐 것입니다.

그대가 가난하거든 덕으로 이름을 날려라.
그대가 부자라면 자선으로 이름을 날려라.

나눔과 기부는 인간의 내면에 덕을 쌓습니다.

부유하다면 눈에 보이는 것을 나눠보세요.

가난하다면 눈에 보이지 않는 것을 나눠보세요.

눈에 보이지 않는 물방울이 구름을 만들고 비를 뿌리듯

나눔이 당신의 마음에 빛을 만듭니다.

그물에 걸리지 않는 바람같이
흙탕물에 더럽혀지지 않는 연꽃같이
향기 나는 사람 되세요.

항상 깨끗하고 순수한 일만 마주할 수는 없습니다.
하얀 옷을 입은 사람도 먹물을 뒤집어쓰면 검어집니다.
옷만 검어지면 좋으련만 그렇지 못한 게 얼마나 안타까운지요.
그물에 걸리지 않는 바람, 흙탕물에 더럽혀지지 않는 연꽃.
그 자유로운 자존심이 진정 부럽습니다.

그윽한 커피는 비어 버린 잔에서도 향을 머금고 있듯이
그대에게 잊혀지지 않는 사람이길!

그윽하게 끓인 커피는 마셔버린 후에도 향기를 남깁니다.
지독한 쓰레기의 악취는 버린 후에도 그 자리에 남습니다.
사람의 향기도 시공을 초월하여 남습니다.
내가 그대의 눈 속에 없어도,
나의 향기는 그대의 마음속에 남길 바랍니다.

급하게 열을 내고 목소리를 높인 사람이
대개 싸움에서 지며 좌절에 빠지기 쉽다.

싸움을 이기는 방법은 무엇일까요?

〈손자병법〉에서도 이르듯,

이길 수 있는 싸움을 해야 할 것입니다.

열을 내고 목소리를 높이는 사람은

그것만으로도 에너지를 소모합니다.

이기는 싸움에서 한참 멀어져 버리는 셈입니다.

먼저 화내는 사람이 이길 수 없는 이유입니다.

꽃은 열매가 되고 아침은 으레 저녁이 되는 것,
세상에 영원은 없다. 변화와 사라짐만 있을 뿐!

꽃이 지면 열매가 맺히고 낮이 가면 밤이 옵니다.

탄생한 건 사라질 수밖에 없습니다.

사라지는 것은 새로운 탄생의 원동력이 됩니다.

영원을 그리워하면서도 영원이 없는 걸 안다는 것.

우리의 세상이 아련하게 아름다운 이유.

길을 가고자 하는 사람들에게
이미 당신은 꿈과 희망입니다.
항상 곁에 있어 좋은 사람 되세요.

끝이 보이지 않는 먼 길을 걷는 데 세 사람이 있습니다.
먼저 길을 간 사람의 발자국은 당신을 안심시킵니다.
말없이 함께 걷는 사람은 당신을 따뜻하게 합니다.
당신의 발자국을 따라 걷는 사람은 당신에게 성취감을 줍니다.
사람이 희망이 됩니다.

길을 잃었을 때 주저앉기보다는
새로운 길을 찾아 나아가는 당신은 현명한 사람입니다.

이 세상에 원래부터 있었던 길은 없습니다.
당신이 걷던 길도 누군가가 갈고닦은 길일 것입니다.
길을 잃었을 때 주저앉아 모든 걸 포기한다면 이야기는 끝납니다.
길을 잃었을 때 길을 파낸다면 당신은 역사가 됩니다.
팔을 걷어붙이고 길을 폅시다. 저도 당신을 돕겠습니다.

길이 없어 갈 수 없다면
내 스스로 길이 되어 당신께 닿으리라.
심산 유곡 물이 되어 꼭 닿으리라.

인간의 역사는 길을 만드는 역사입니다.

길을 통해 마을이, 나라가, 세계가 생겨났습니다.

우리 개인 사이에도 길이 필요합니다.

우리들의 길 사이로 온기와, 사랑과, 재능이 흐릅니다.

심산 유곡의 깨끗한 물을

온 강으로 전달하는 개울처럼 당신의 길이 되고 싶습니다.

봄이야기 72.7x53.0 Oil on Canvas

11 ◦•
아버지

아버지는 또 사비를 털었다.
사람 손이라곤 안 탄 야생 농토를 혼자 손보기 시작한 후로,
마을 사람들은 몰려다니며 수근거렸다.
하나같이 '제 욕심을 차리는 것 아니겠냐.'며 아버지를 욕했다.

내가 살았던 곳은,
장이 서는 시내까지 십 리를 족히 걸어야 하는 산간 오지였다.
바람이라도 불면 반나절을 걸어야 했고,
외지사람이라고는 본 적이 없는 벽지였다.
아버지가 야생 농토를 손보신지 한 철이 지났다.
'해남군 계곡면 장산리 하락동'엔 드디어 다리가 놓였다.
황토가 차오르던 농토 위로도 하얀 자갈들이 깔렸다.
어느 날, 마을사람들이 아버지를 찾아왔다.

‘고맙소. 고맙소.’

“…………”

‘농사일기’를 그토록 열심히 쓰셨던 아버지는 자신의 호주머니를 털어 마을 길을 넓히고 다리를 놓으셨다.

그런 사실이 알음알음으로 널리 알려져 아버지는 전라남도 도지사상과 해남군수상을 받으셨다.

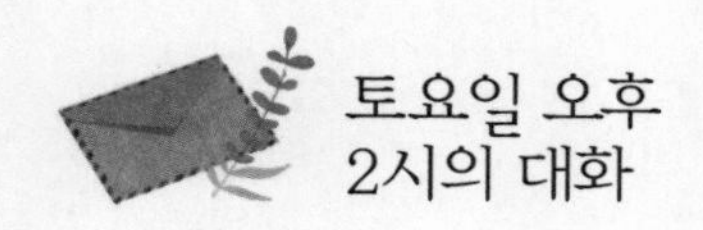

토요일 오후 2시의 대화

> 손을 잡으면 마음까지 따뜻해지고 함께라면
> 아무리 먼 길도 갈 수 있습니다. 아름다운 동행.

우리는 갈 수 있습니다.

우리가 가고자 하는 곳까지 갈 수 있습니다.

마음이기에 가능하고 동행이기에 가능합니다.

손을 잡지 않을 이유가 없습니다.

나의 온기를 건네지 않을 이유가 없습니다.

우리가 행복하면 우리의 손을 잡는 이들까지 행복할 테니까요.

> 사랑해요. 감사해요. 아름답다. 보고 싶다. 건강해라.
> 다정한 말에는 꽃이 피어나네요.

말도 생명입니다. 늘 생명을 뱉는다는 생각으로 입을 열면 아름다운 말만 가득할 것입니다. 그리고 그런 사회는 당연히 아름다울 것입니다. 사람이 사람일 수 있는 이유가 바로 '말'입니다. 자신의 말을 다스리는 것처럼 자신을 다스리는 것 또한 없을 것입니다.

잔잔한 미소건 너털웃음이건 모든 웃음은
삶에 탁월한 치유제입니다. 웃음 가득한 하루.

웃음만큼 쉬운 건 없습니다. 웃음만큼 탁월한 치유제도 없습니다!
하루를 웃을 수 있다면 그 하루는 성공한 하루,
웃기 위해 하루를 살아가는 것도 성공의 하루로 다가가는 비법입니다.
웃으십시오. 행복은 멀리 있지 않습니다. 표정만으로 가득합니다.

다른 사람 배려하면 그 향기의 잔향이 내 몸에 배입니다.
남을 나처럼 여기는 마음 향긋한 하루.

이런 하루들이 모인다면 우리의 향기가 우리를 가득히 할 것입니다.
때론 여유가 없어, 자신의 일에 치여
남을 배려하기 어려운 나날이지만
그런 작은 마음조차도 내게서 머물면 공유할 수 없는 마음이기에
남에게 전달되면 더 큰 행복이 되어 돌아옵니다.
이런 하루들을 모아 제 인생을 짓고 싶습니다.

쉼은 멈춤이고 쉼은 내려놓음이며 쉼은 나눔입니다.
사람은 쉴 줄 아는 것이 능력입니다.

우리는 자라오며 자신의 길을 걸어가면서
일어서는 법만 배웠지 쉬는 법은 배우지 못했습니다.
평소에는 일 때문에 육신이 쉬지 못하고
어쩌다 쉬는 주말에도 이런저런 걱정 때문에
마음이 쉬지 못합니다. 점점 쉬기가 어려워집니다.
내려놓는다는 것, 그것은 용기가 필요한 만큼
그만큼 우리를 재충전합니다. 다시 일어서게 합니다.

현실의 씨앗, 희망의 뿌리, 기회의 줄기, 비전의 잎.
끝내 인내하면 꽃이 피고 열매를 얻습니다.

우리의 육신도 이와 같습니다. 각자 전신을 새로 꾸밀 수 있습니다.
현실의 다리, 사랑의 가슴, 내면의 얼굴, 미래의 머리…
새로운 일상을 꿈꿀 때, 여행을 하거나 쇼핑을 하여
기분 전환을 하는 것처럼 이런 명칭들을 하나하나 나에게 새겨
나를 새로이 가꿔보는 건 어떨까요?

아름다운 삶은 얼마나 얻고 무엇을 이뤘냐가 아니라
얼마나 주고 무엇을 버렸느냐에 달렸다.

그만큼 돌아옵니다. 그리고 혹시나 돌아오지 않는다 해도
그 나눌 때의 마음으로 이미 저는 충만했으니
마음이 시킨 일로 저는 뿌듯합니다.
늘 자신의 마음에 솔직해지고 그 마음이 가는 길이
늘 사람을 향해있는 사회가 되었으면 더 바랄 게 없겠습니다.

기분 좋은 메시지 전해 드립니다.
"당신에게 오늘 기쁜 일이 일어날 것이다."

"당신이 오늘 하려는 일은 모두 이루어질 것이다."
"당신의 주변이 당신을 향할 것이다."
"당신에게 오늘 불가능이란 없을 것이다."
"당신은 오늘을 기쁜 마음으로 맞으면 된다."
"당신에게 오늘은 선물이다."

바다이야기 울릉도 324.0x224.0 Oil on Canvas

12 ○●

어머니의 손

내 어머니께선 입버릇처럼 '허리 피는 시간이 아깝다.'고 했다. 인생이 귀하지 않냐, 하시며 누구라도 오면 혹 빈손으로 보낼까, 손 대접하는 일을 잊는 법이 없으셨고 어머니의 손은 늘 마를 새가 없었다. 오래된 목조 가옥이었지만 한쪽으로 상을 펴 '공부하라.' 하셨고, 삐거덕거리는 마루를 지나실 때도 언제나 조용하셨다.

일생 자신의 손처럼 삶의 풍파가 깃든 어머니의 정성은 내 기질 속에 그대로 녹아있다. 직업에 귀천이 없다 하셨고 열심히 살면 하늘이 돕는다고 하셨다. 살며 어머니의 거칠고 투박한 손이 그리운 날이 많다.

나뭇등걸처럼 거칠고 투박하던 어머니의 손…. 그 손을 내가 잊을 수 있을까?

아, 어머니…!

어머니는 이 아들이 성공한다면 온몸이 부서져도 좋다고 입버

릇처럼 되뇌셨다.

어머니는 이 아들이 유학을 가고 싶다면 온몸이 두 번 세 번 부서지더라도 뒷바라지를 하신다 하셨다.

그런 어머니는 한 번도 이 아들에게 싫은 이야기를 한 적이 없으셨다.

나는 요즘도 하루에도 열두 번씩 어머니 생각을 한다.

어머님을 생각하며 나는 이 사회에 작은 도움이 되는 '사회 지도자'가 되고자 한다.

토요일 오후 2시의 대화

봄 향기 날리는 꽃 색깔이 비록 아름답다 한들
내가 사랑하는 지인들의 웃는 얼굴색만하겠는가.

사람의 감정엔 많은 요소요소가 있듯이

당신들을 바라보는 마음에도 많은 감정이 담깁니다.

하지만 소중한 것을 볼 때 조심스러워지는 감정이 드는 것처럼

당신의 모습을 보면 나는 감격스러워집니다.

왜냐하면 당신의 모습이야말로 가장 아름답기 때문입니다.

누구에게나 친절할 수 있지만
누구에게나 마음을 주는 것은 아니다.
먼저 마음을 열어야 상대도 따라온다.

마음을 지배하는 자 세상을 지배하고

세상을 지배하는 자 먼저 사람을 맞아야 할 것입니다.

꼭 물질이 아니어도 내 마음을 준다면

상대방의 마음을 얻을 것이니

우리는 모두 공유하고 나누는 세상의 주인공입니다.

눈을 감고 있다고 해서 잠든 것이 아닌 것처럼
말을 안 한다고 해서 상처를 안 주는 것은 아니다.

겉모습만 보고 판단할 수 있는 영역은
아주 일부분에 불과합니다.
당신의 눈빛에서 당신이 담고 있는 것 이상을 볼 수 있듯이
내 눈빛에서 당신은 무얼 볼지 궁금합니다.
당신을 향한 마음 그리고 설렘이 비쳐졌으면 좋겠습니다.

100억이 필요하세요?
첫 번째 0은 노력이고 두 번째 0은 믿음이며
앞자리 1은 건강과 사랑입니다.

백억도 백억을 있게 한 무수한 가치들이 있었기에 가능한 것입니다.
많은 가치들이 모이고 이루어져 커다란 돈이 만들어진 것이지
뚝딱, 백억을 만들 수는 없는 것입니다.
그만큼 중요한 것이 먼저 선행된다면 부도 명예도 저절로 따라올
것입니다.

모든 기회에는 어려움이 있으며
모든 어려움에는 기회가 있다.
돌부리가 있으면 밟고 더 뛰어오르세요.

세상만사가 전부 편하다면 얼마나 좋겠냐만은 현실은 그렇지 않습니다.

하지만 좌절할 것은 없습니다. 사막에도 오아시스가 있고
겨울에도 사람의 온기는 따뜻한 것입니다.
늘 추구하고 꿈꾸세요. 염원하는 한 그리고
목표를 향한 마음이 식지 않는 한
현재는 내가 원하는 미래가 되어 있을 것입니다.

복잡하게 생각하지 마세요.
언젠가는 지나갈 일들입니다.
좋았다면 추억이고 나빴다면 경험일 뿐입니다.

쉽게 생각하는 것도 능력이라고 생각합니다.
과거 현자들은 망각하는 법도 삶의 지혜라 일컬었습니다.
오늘은 단순하게 생각해보는 법을 실행해보는 건 어떨까요?
꽃이 피었구나. 아름답다.
하늘이 맑다. 내일도 맑았으면 좋겠다.
왜 연락이 오지 않지? 더 기다린다고 해서 큰일 나는 건 아니니까.

게으른 사람에겐 돈이 따르지 않고
거짓말하는 사람에겐 친구가 없고
비교하는 사람에겐 만족이 없다.

세상의 이치가 흘러가는 대로 흘러가는 법인가 봅니다.
노력하는 사람들에겐 당연히 보상이 주어지고
욕심이 많은 사람에겐 언젠가 화를 면치 못하는 일이 일어납니다.
부모를 욕보이는 사람은 곧 자신이 사람들에게 욕을 먹고
주변을 환하게 가꾸는 사람은 이내 행복이 그 사람 얼굴에 드러납니다.

인생의 길이는 조절할 수 없지만 깊이는 조절할 수 있다.
살아온 횟수를 세지 말고 친구를 세어가며 사세요.

시간은 우리의 의지와는 상관없이 흘러갑니다.
붙잡으려 해도 붙잡히지 않는 절대적인 현상에 목매달 일이 그러므로 없습니다.
우리는 그러한 나날 속에서 최선을 다하고 자신의 길을 가면 되는 것입니다.
인간의 일이 그리 거창하다고 생각되지 않습니다.
자신이 맡은 바를, 자신과 함께 했으면 하는 사람을 늘 견지하는 인생을 살아간다면 더할 나위 없이 성공한 인생 아닐까요?

> 혹자는 인연을 만나도 몰라보고
> 보통은 인연인 줄 알면서도 놓치지만
> 현명한 사람은 인연을 만든다.

우연에 기대는 사람은 우연을 기다리다 지치고 말 것입니다.
요행을 바라는 사람도 마찬가지, 기적을 바라는 사람도 마찬가지 입니다.
사람은 마음을 열고 팔을 벌리고 있다고 해서
자신에게 오는 존재가 아닙니다.
내가 먼저 다가가서 마음을 열고 팔을 벌린다면
그 사람은 곧 내 인생에 빼놓을 수 없는 인연이 되어
자신의 기적과 동반자가 되어줄 것입니다.

바다이야기 부산 오륙도 여명 194.0x130.3 Oil on Canvas

13 ○●

내게 다가온 올래 친구

언제나 부르면 올 수 있는 사람들, 올래 친구. 이름처럼 언제나 열려있는 우리 친구들 모임이다. 올래 친구의 계기는 이렇다. 언젠가 민주평통 수석부의장으로 계신 김상근 목사께서 하셨던 말씀이 늘 내 마음 한구석 어딘가에 있었다. 그것은 “나는 최고의 인물을 다 만날 수 있다. 그런데 어느 날 축사를 하면서 나는 깨달았다. 내가 가장 후회스러운 것은 더 일굴 수 있었던 재산도 아니고 내가 경험해보지 못한 것도 아니고 사람을 못 만나 본 것도 아니고 바로 친구가 없다는 것이었다.” 그렇다. 그때 나는 느꼈던 것이다. 친구의 의미를. 그리고 생각도 실천하지 않으면 물건처럼 재고가 될 수 있다고 믿는 나는 서둘렀다.

바로 나는 내가 좋아하고 나를 좋아하는 친구들을 헤아려보았다. 그렇게 해서 나는 5년 전에 올래 친구를 처음 소집했다. 사회적으로 성공하여 바쁜 사람은 제외였다. 직접 만남을 갖는 것보다 중요한 요건은 없었기 때문이었다. 처음에는 테스트로 18명과 3개월을 맘 닿을 때 만났다. 그 결과 3개월 내내 한 명도 빠지는 사람이 없었다. 이유는 아마도 순수함, 상하 수직이 없는 관계, 비즈니스를 바라지 않는, 즉 목적 없음, 이 때문이리라. 모여서 우리가 나누는 대화는 간단했다. 같은 시대에 같이 태어난 사람들이 그저 자기의 일상을 이야기하는 것. 나는 올래 친구가 진짜 친구 모임이자 힐링 모임이라고 생각한다. 좋은 친구란 우산을 받쳐주고 빌려주는 사람이 아니라 함께 비를 맞는 사람이 아닐까. 동행하는 사람, 친구의 필요성을 어찌 다 말할 수 있을까. 김상근 목사님의 말씀이 지금도 올래 친구에 몸담고 있는 나의 삶에 교훈이 되어 주었다. 친구란 내게 그런 것이다. 멀리 있는 물로는 가까운 불을 끌 수 없다 하지 않았던가.

2015년 올래 친구 모임 회원 명단

강원합성 구본건, 수도방위사령부 김남규, 태창파로스 김서기, 베스트글라스 김성민, 메디어스 김일형, 원터치무역 박기현, 선명시스템 박병칠, 탤런트 박철호, 삼성수산 심우용, 에스원팩 서대원, 김포공항경찰대 성범현, 약산유통 양회철, 산악인 엄홍길, 늘푸른치과의원 이종현, 현대특판 이창훈, 대통푸드 조성현, 기업은행 강남역지점 박병수, 가수 진성, 대일이엔피 최규형, 한국재능기부협회 최세규, 쉬프트정보통신 최영식, 동아합동법률사무소 황대성.

토요일 오후 2시의 대화

봄에 씨를 뿌리고
가을에 수확을 하듯
어떠한 일이든지 가장 소중한 일부터 먼저 해야 한다.

우리의 욕심은 무한합니다.

하지만 우리의 시간은 무한하지 않습니다.

어떻게 하면 이 딜레마를 해결할 수 있을까요?

가장 중요하고 소중한 일을 먼저 해야 합니다.

무슨 일이든 나중에, 이런 마음은 불필요합니다.

봄에 씨를 뿌리지 않으면 가을에 수확을 할 수 없는 것처럼.

봄이 오는 소리가 매화꽃 속에서 들리네요.
바쁜 일상이지만 봄의 향연 많이 느껴 보세요.

아직은 날씨가 쌀쌀합니다. 눈 예보마저 들립니다.

마당에 선 매화꽃에서는 이미 봄이 활짝 피어 놀랍습니다.

곧 달이 바뀌면 진짜 봄이 옵니다.

이 봄의 향연을 많이들 누리셨으면 좋겠습니다.

불행 다음에 행복이 온다는 것을 아는 사람은
행복표를 예약한 사람이고
불행은 끝이 없다고 생각하는 사람은
불행의 번호표를 들고 있는 사람입니다.

힘들지만 밝고 활기차게 살아가는 사람들이 있습니다.
반면 항상 고통과 고뇌에 가득 찬 사람들도 있습니다.
미래를 어떻게 확신하고 있느냐의 차이일 것입니다.
행복만을 바라보며 살아가면 간단하게도 항상 행복합니다.
이러한 확신이 없으면 눈앞의 행복도 잡지 못합니다.

비바람 불어도 마음만은 흔들림 없이 곧은 하루 되시고
늘 행복한 날만 가득하시길 바랍니다.

거센 비바람에 어떻게 대처해야 할까요?
꼿꼿이 서서 비바람을 맞기, 바람을 따라 몸을 굽히기.
후자가 현명하겠지만 몸과 마음이 모두 바람을 따라 굽어선 안 됩니다.
바람이 지나간 후에도 몸을 일으킬 수 없게 돼 버리기 때문입니다.
마음만큼은 흔들림 없이 곧게 지켜
바람이 지나간 후 일어설 수 있는 우리가 되기를.

희망이란 땅 위의 길과 같다.
본래 땅 위에는 길이 없었다.
당신과 내가 걸어가서 그것이 곧 길이 되었다.

그리고 그 길은 나 혼자 걸어갔다면 결코 길도
희망도 되지 못했을 것입니다.
'우리'였기에 가능한 '우리의 길'입니다.
이토록 '함께'한다는 것은 둘의 의미 이상으로
더 값진 결과를 만들어냅니다.

가족(family)이란
'Father And Mother, I Love You'의 첫 글자들의 합성이다.
행복한 5월 되세요.

계절의 여왕답게 5월은
가족의 의미를 다시금 생각해보게 합니다.
피로 맺어지고 운명으로 맺어진 사람들입니다.
그리고 늘 함께하는 인생의 동반자들입니다.
그네들이 있어 나는 세상에서 혼자가 아닙니다.
그네들이 있어 나는 아직도 사랑을 배웁니다.

다른 사람들을 평가한다면 그들을 사랑할 시간이 없습니다.
사랑하기에도 오늘 하루는 너무 짧습니다.

사랑은 망설임조차 안타깝기 때문입니다.
그저 주고 그저 환해지기만 하기에도 모자라기 때문입니다.
사랑이란 그런 것 아닐까요?
잣대를 들이대지 않고 핑계를 들이대지 않고
그저 온전히 바라보는 것 말입니다.
오늘 하루 여러분도 사랑하셨습니까?
저는 사랑하기에도 오늘 하루가 너무 짧습니다.

인연이란 돌처럼 한번 놓인 자리에 그냥 있는 게 아니다.
그것은 빵처럼 항상 다시 또 새로 구워져야 한다.

사람은 늘 변화하고 사람의 마음 또한 그렇기 때문입니다.
그렇다고 해서 다른 인연을 찾아 나서란 것은 아닙니다.
자신의 인연이라 하여도 늘 새롭게 다가서야 한다는 뜻입니다.
그럴 때의 교류야말로 진정 가치 있는 일이며
나아가 현재의 인연을 더욱 두텁게 만드는 일일 것입니다.

'나는 지금 행복한가.' 대신
'나는 지금 무엇에 감사한가.'를 떠올리세요.
작은 소중함을 알면 곧 행복이다.

그렇습니다. 감사의 마음을 떠올리는 순간
행복은 저절로 따라오는 것입니다.
왜냐하면 누군가의 마음 속에 자신이 있는 것만으로
뿌듯함을 느낄 수 있기 때문입니다. 그것과 행복은
멀지 않기 때문입니다. 오늘부터라도 주변을 돌아보세요.
한 사람이기보다 하나의 행복들을 바라보세요.

봄이야기 영덕 도화 145.5x112.0 Oil on Canvas

14 ○●

보드만 씨 부부이야기

제 어릴 적 친구 중 서울에서 살다가 시애틀에서 직장을 다닌 녀석이 있습니다. 외국에서는 관계가 돈독해지면 자신의 집으로 손님을 모셔 저녁을 대접하는 문화가 보편적으로 자리 잡고 있다고 하던데 녀석도 그런 경험이 있었던 모양이었습니다. 녀석은 그때의 운을 떼며 자신의 경험담을 들려주었고 그 시간은 제겐 충격에서 헤어 나오지 못한 경험으로 자리 잡게 되었습니다. 사연은 이렇습니다.

보드만 씨 부부와 친해진 친구 녀석은 그들 부부의 초대에 흔쾌히 응해 그들의 집으로 저녁 식사를 하러 갔다고 합니다. 문이 열리고 집 안에 들어서는 순간, 친구는 깜짝 놀랐다고 합니다. 보드만 씨 부부의 집에는 장애아가 있었는데 장애아는 한국에서 입양한 아이라는 것이었습니다. 그리고 장애아는 한명도 아니고 무려 3명. 총 입양아는 5명이었다고 합니다. 친구는 대단한 분들이 라고 생각했다고 합니다. 하지만 더 놀랄 일이 있었다고 합니다. 그 부부는 아이가 없어 입양을 선택한 것이 아니라 둘 사이에 무려 자녀가 넷이나 있었음에도 불구하고 장애아 세 명을 입양하여 가족으로 보살피고 있었던 것입니다.

친구는 이 사실을 한국에 돌아와 보도자료로 써서 각 신문사에 뿌렸습니다. 그 결과 이 부부의 이야기는 언론을 타게 되었습니다. 그리고 4+5라는 다큐멘터리로도 KBS에서 97년에 방영되었습니다.

저는 그때의 전율을 잊지 못합니다. 그렇습니다. 그건 전율이었습니다. 어떻게 그런 일이 가능한건지, 그럴 수 있는 건지, 어떤 마음이 그런 행동을 낳을 수 있는 것인지, 저는 할 말을 잃고 말았습니다.

저는 그 이야기의 전율로부터 줄곧 느껴왔던 것 같습니다. 누군가는 이렇게 봉사를, 사랑을 실천하는데 나는 뭘 하고 있는가. 먹고 살기 위해 돈을 좇았지만 먹고 살만해서는 나는 뭘 좇고 있는가. 질문은 끝이 없었습니다. 그리고 저는 생각했습니다. 작은 것부터 실천하자. 그리고 나누자. 내가 가진 것이, 할 수 있는 것이 보잘것없는 것이라도, 보드만 씨 부부처럼은 아닐지라도, 나도 할 수 있다고.

어쩌면 우리나라도 이 부부처럼 조금만이라도 국민의식이 바뀐다면 아름답고 행복하며 나눔이 있는 사회가 될 것이라 저는 생각합니다.

제가 이 부부를 생각하며 느낀 건 제가 현재 펼치고 있는 재능기부 활동은 이 부부의 인생에 비해 아무것도 아니라는 것입니다. 그리고 그 부부는 제가 살아가면서 힘들 때 혹은 조금이라도 거만해질 때 늘 마음을 차분하게 합니다. 낮은 위치에 있게 합니다. 저에게 무엇인가 위기가 왔을 때 귀감이 되어줍니다. 아직도 보드만 씨 부부는 제게 나눔의 영감을 줍니다.

토요일 오후 2시의 대화

> 당신이 진정으로 행복해지고 싶다면 따뜻한 가슴을 가져라.
> 행복의 진짜 적은 부정적인 감정이다.

세상 모든 일에 따뜻한 미소로 대하는 사람들이 있습니다.
발아래 핀 작은 꽃에도 웃음이 피는 사람들입니다.
반면 세상 모든 일에 웃지 못하는 사람들도 있습니다.
발밑의 풀은 그저 걸림돌일 뿐입니다.
행복해지기 위해선 어떤 자세가 필요할까요?

> 당신이 착한 일을 하면
> 사람들은 다른 속셈이 있을 거라고 의심할 것이다.
> 그래도 착한 일을 해라.

사람들은 남의 이야기를 하는 걸 좋아합니다.
남의 좋지 않은 이야기를 하는 것은 더욱 좋아합니다.
착한 일을 해도 다른 속셈이 있을 것이라는 의심이 먼저인 세상.
안타깝지만 그래도 착한 일을 합시다.
꾸준함은 자신을 바꾸고 나아가 혼탁한 세계를 바꾸게 될 것입니다.

바람에 실려 오는 가을의 향기 따라
삶의 질을 높일 수 있는 여행을 떠나요.
좋은 주말 되세요.

가을은 여행을 불러일으키는 계절입니다.

경쟁이라도 하듯 붉은 단풍이 피어올라 발걸음을 유혹합니다.

시원한 가을바람이 귓가를 스쳐 어디든 움직이라 권합니다.

이 바람을 따라 여행을 떠나 보세요. 혹시 준비되지 않았나요?

설레는 마음만이 있다면 그것으로 충분합니다.

바람이 안 불면 달리면 됩니다.
우울함은 말끔히 날려버리고 인생을 사랑하며 삽시다.

순풍에 돛을 단 배처럼

세상이 우리를 도와준다면 정말 좋은 일입니다.

하지만 망망대해 위에 바람이 없어 멈춰버린 배가 될 때가 있습니다.

바다 위에서 바람이 불지 않으면 노를 저어야 합니다.

인생에 바람이 불지 않으면 달려야 합니다. 달리면 됩니다.

달리면서 우울함을 날려버리고 인생을 가동합시다.

받는 기쁨은 짧고 주는 기쁨은 길다.
늘 기쁘게 사는 사람은 주는 기쁨을 가진 사람이다.

누구나 선물은 주기보다는 받고 싶어 합니다.

하지만 우리한테 남는 것은 정작 받은 것이 아니라 준 것입니다.

남한테 받은 것은 잊어버리기 쉽습니다.

남한테 준 것은 남이 잊지 않습니다.

남에게 무언가를 나누는 기쁨은 늘 우리를 설레게 할 것입니다.

방금 통장으로 행복 송금하였습니다.
울적할 때 찾아 쓰세요.
비밀번호는 그대의 웃음!

어느 날 갑자기 통장으로 큰돈이 들어온다면.

상상만 해도 가슴이 뛰는 일입니다.

큰 행복은 어떨까요?

그것은 써도 써도 줄어들지 않고 배가 됩니다.

지금, 여러분의 통장에 큰 행복을 송금해 드립니다.

비밀번호가 궁금하신가요?

그저 한 번 웃어주면 되는 것입니다.

> 백 권의 책에 쓰인 말보다
> 한 가지 성실한 마음이 더 크게 사람을 움직인다. (프랭클린)

리더십은 사람을 움직이는 힘입니다.

왕관을 쓴 자도, 칼을 든 자도, 세상을 쥔 자도,

리더십이 없다면 진정으로 사람을 움직이진 못할 것입니다.

리더십이란 건 어떤 걸까요?

성실하게 앞장서는 사람의 마음입니다.

그런 마음으로 포용을 관용을, 생각해보는 하루입니다.

> 변화는 새로운 도전이고
> 시작은 절반의 성공이며
> 꿈과 자신감은 언젠가는 현실이 된다.

변화는 새로운 시작을 위한 도전입니다.

도전의 시작은 절반의 성공입니다.

변화하고 시작할 수 있게 하는 것은 꿈과 자신감입니다.

꿈과 자신감은 도전과 시작을 통해 자라나

현실이 되어 돌아오게 될 것입니다.

바다이야기 162.0x130.3 Oil on Canvas

15 ○●

김대중 대통령과의 만남

"21세기는 지식정보화 시대입니다. IT산업이 발전해야 하고 학식보다는 창의적 지식을 만들어야 합니다. 지식 정보 강국을 위해서는 국민 모두가 신지식인이 되어야 합니다. 내가 부탁하고 싶은 당부는 신지식인 운동이 지속적으로 이루어져야 한다는 것입니다. 최 회장이 소신과 원칙을 갖고 신지식인 협회 잘 이끌어 주시길 바랍니다." 사저에서 뵌 김대중 대통령께선 끝까지 당부를 잊지 않았다. 생전 마지막 수기에서 그는 '역사는 발전하고 인생은 아름답다.'고 했다. 울림 깊은 자전적 고백은 그날의 부탁과 맞물리며 내 가슴을 아직도, 언제까지나 두드린다.

"당신을 만나 행복했습니다. 편히 쉬십시오, 대통령님."

토요일 오후 2시의 대화

> 성공한 사람이 되려 하지 말고
> 가치 있는 사람이 되려고 하라.

성공하는 것은 높은 기둥의 꼭대기에 서는 것과도 같습니다.

꼭대기에 섰다고 해도 빛이 나지 않는다면,

꼭대기에 섰다고 해도 향기가 나지 않는다면,

그 사람을 바라봐줄 이가 없겠지요.

그리고 그것은 더 이상 꼭대기에 서 있는 사람이 아닐 겁니다.

나의 가치를 올리는 것

내 안에 빛과 향기를 채우는 일로 만들어집니다.

> '노(no)'를 거꾸로 쓰면 전진을 의미하는 '온(on)'이 된다.
> 모든 것을 긍정적으로 생각하면 길이 있다.

no를 거꾸로 쓰면 on이 됩니다.

빛에는 전혀 달라 보이는 파동과 입자의 모습이 공존합니다.

이렇듯 우리가 맞닥뜨리는 문제들에도 언제나 해결책이 공존합니다.

no를 전혀 다른 방향으로 봐야 on이 되듯이
우리가 문제를 전혀 다른 방향으로 바라보면 해결책이 떠오릅니다.

1초에 기쁘고 1초에 눈물 흘리는 것이 인간의 삶이다…
그러니 1초를 더욱 열심히.

올림픽 100미터 육상을 떠올려봅니다.
최고의 선수들이 자신의 모든 것을 폭발시키는 시간,
단 10여 초.
1초의 차이로 승자와 패자가 갈립니다.
더 크게 보면 인생이 엇갈릴 수도 있습니다.
우리의 1초는 이리도 소중합니다.

5월의 향기보다 더 진한 여러분 사랑합니다.
누구 하나 소외됨 없이 함께 갑시다.

5월의 향기는 놀랄 만큼 아름답습니다.
따뜻한 듯 따가운 햇살, 푸르게 피어나는 잎과 화려한 꽃,
봄의 요정들에 인도되듯이 우리는 산책로로 나오게 됩니다.
하지만 5월이 아무리 아름답되
옆에 함께하는 사람보다야 아름다울까요?
여러분께서도 함께 꽃향기를 맡을 이 있기를.

가을은 곡식도 익어가지만 우리 마음도 함께 영글어가는 계절.
넉넉한 주말 되세요.

회색의 건물, 회색의 도로, 도시의 가을은 무딥니다.
가로수에 드문드문 물든 단풍들이 도시의 가을을 주장합니다.
자리를 떨치고 일어나 도시를 나서 보세요.
금빛으로 물드는 논, 진한 감빛 열매가 주렁주렁한 나무.
내 마음이 함께 영글면서 좀 더 현명해지는 기분이 듭니다.

가을의 시원한 바람처럼
코스모스처럼 해맑은 마음으로
풍요롭고 넉넉한 주말 되세요.

가을은 수수하면서도 아름답습니다.
버릴 때를 아는 나무들을 낙엽을 떨구고
떠날 때를 아는 꽃은 결실을 위해 조용히 사라집니다.
'질서'의 이름을 받은
가을의 마지막 꽃 코스모스의 웃음처럼
풍요롭고 고즈넉한 아름다움 가득하시길 빕니다.

가을이 가네요.
스산한 바람이 우리를 슬프게 하지만
따뜻한 겨울이 되도록 정을 나누어요.

자기주장을 하지 않는 계절 가을,
박수도 마다하고 조용히 무대를 내려오는 배우처럼
수확이 끝나면 조용히 눈에 띄지 않게 돌아섭니다.
차고 어두운 바람은 벌써부터 겨울을 알립니다.
가을은 안타깝게 떠나지만 우리 서로서로의 정이 가지는 열기로
따뜻한 겨울을 날 수 있었으면.

가장 위대한 승리는 쓰러지지 않는 것이 아니라
쓰러질 때마다 다시 일어나는 것이다.

칠전팔기라는 말이 있습니다.
몇백 번을 실패하여 전구를 발명해낸 에디슨,
알루미늄의 전기분해를 개발한 홀,
자연조차도 실패와 성공을 거듭하며 도전합니다.
인간이 실패하지 않고 성공할 수 있을 리 없습니다.

감사하는 마음으로
사랑하는 마음으로
기도하는 마음으로 겨울을 준비합시다.

냉정, 냉혹, 황량.

겨울을 설명하는 우리의 단어는 이처럼 고난입니다.

고난을 이겨내는 것은 준비와 용기.

김장 한 포기에도 겨울의 고난을 대비하는 지혜가 있습니다.

한 손에는 감사, 한 손에는 기도로, 겨울을 준비합시다.

제주이야기 91.0x72.7 Oil on Canvas

16 ○●
엄홍길 대장

'말이 짧다'며 한사코 나서지 않으려 하는 엄 대장을 처음 만난 것도 '산'에서였다. 가까스로 부탁해 모신 '강의'에서 엄 대장은 히말라야 16좌 완등이란 화려한 기록이 아닌 '나는 살아서 돌아왔다'는 제목으로 강단에 섰다. '히말라야의 신', 그 엄숙한 제단 위에 엄 대장은 열 명의 동지를 바쳤다고 했다. 히말라야를 내려와 엄 대장은 '엄홍길휴먼재단'을 설립했다. 그리고 고산 위에 학교를 짓기 시작했다. '완등'과 '기록'이란 자신을 위한 깃발 대신, 열 사람의 소명을 지어 나를 또 다른 소명으로 붙든 후 16개의 학교 건립을 결정했다.

사투를 벌인 찬연한 히말라야에서의 도전과 극복의 인생사는 결국, 혼자가 아닌 더불어 사는 인생의 단면을 보여준 셈이다. 얼음산 위를 오르던 엄 대장은 이제 5천 미터 마른 고산 위에 전기를 끌어다 올리고 물을 대는 '아이들의 산파'가 된 것이다.

엄홍길 대장을 지켜보면서 나는 가슴에 와 닿는 것이 많았다.

나도 저런 일을 해보리라. 나 혼자만을 위해 사는 삶이 아니라 내 손길이 미치는 많은 사람들과 더불어 사는 길을 찾아가 보리라.

그런 마음가짐으로 엄 대장이 먼저 갔던 길을 따라 '재능기부협회'를 만들었다. 재능을 많은 사람들에게 나누어주는 협회를 만들었다.

엄 대장과는 개인적으로는 둘도 없는 친구가 되었다. 기쁨도 같이하고, 어려움도 같이하고, 뜻이 같고, 그 뜻을 함께 실천에 옮기는 친구가 되었다.

우리는 친구다.

토요일 오후 2시의 대화

강한 사람이란
자기감정을 다스릴 줄 아는 사람과
적을 친구로 바꿀 수 있는 사람이다.

호랑이는 잡을 수 있어도 사람의 마음은 잡기 어렵습니다.

우리가 우리 자신의 마음을 움직이지 못한다면

어떻게 다른 사람의 마음을 움직일 수 있을까요?

강한 사람은 먼저 자신의 마음을 다스립니다.

자신의 마음을 다스릴 줄 아는 사람이

남의 마음을 다스릴 수 있음은 당연한 원리입니다.

겨울의 오랜 침묵이 봄비 속에 자취를 감추고
남녘에 꽃소식이 희망을 불러주니
즐거운 주말 되세요.

겨울은 느릿느릿 걸어 나가는 노인의 모습 같습니다.

봄에게 자리를 내어 주고 멀리 사라지는 것 같다가도,

정신을 차려 보면 아직 그 자리에 있는 겨울.

하지만 자연은 약속을 어기지 않습니다.

남녘부터 꽃망울이 올라오고 있다는 뉴스. 행복합니다.

> 결실의 계절 가을.
> 가을의 풍요로움처럼 좋은 성과가 있기를 기원합니다.
> 항상 건강과 행운이…

가을은 풍요로운 계절입니다.

예로부터 혹독한 보릿고개를 굽이굽이 넘어,

풍요로운 금빛 가을에 도달한 조상님들의 기쁨.

지금은 옛이야기 속 박제된 과거가 되었을지 몰라도

감사의 마음 가지며

모두에게 풍요로운 건강과 행운 깃든 가을이 되길.

계절의 여왕 5월!!
5월의 향기와 봄 내음을 가득 담아 드릴게요.

5월은 계절의 여왕입니다.

적당히 물오른 태양, 생명력을 자랑하는 나무와 꽃들,

수많은 생물들이 번식을 준비하며

한창때의 힘으로 세상을 누빕니다.

이 아름다운 계절, 누릴 수 있음에 축하하고 감사합니다.

이 만물을 느낄 수 있음에 저는 행복합니다.

그것만으로도 커다란 축복이니까요.

고맙다. 날 믿어줘서.
고맙다. 나만 봐줘서.
고맙다. 날 사랑해줘서.
사랑한다.

산을 마음대로 움직일 수 있어도

사람의 마음을 움직이는 것은 어렵습니다.

나의 능력과 힘만으로 다른 사람을 움직일 수 있을까요?

나를 믿고, 사랑하는 사람은 얼마나 고맙고 은혜로운지요.

오늘은 주변의 사람들에게 사랑한다고 말해 보는

하루를 가져보는 건 어떨까요?

과거의 실패를 극복하고
그것을 변혁시키려는 희망이야말로
인간이 가진 매력이다.

자연사 박물관, 지금도 잠들어 있는 다양한 옛날의 화석들은
자연의 실패와 변혁을 여실히 보여주고 있습니다.
자연이 이러한데, 인간이 어찌 실패하지 않을 수 있을까요?
한 번의 실패를 경험하고 "여기서 끝이야."라고 할 수 있을까요?
실패는 실패로 머물러선 곤란합니다.
실패가 주어진 운명이라면 그걸 딛고 일어서는 희망은
우리가 개척해 나가야 할 운명입니다.

그냥 좋은 것이 가장 좋은 것입니다.
구름처럼, 바람처럼, 물 흐르듯이 새털처럼 가볍게 살아요.

현명한 사람은 해변의 돌멩이와 같습니다.
거센 파도에 깎여 둥글둥글하고 매끄러운 조약돌,
거센 파도를 돌 틈으로 흘려보내는 지혜는
늘 매달리고 애쓰는 인간을 부끄럽게 합니다.
자연은 모나지 않고 상황에 적응하며 상황을 흘려보냅니다.
시냇물처럼 사는 게 가장 행복하다는, 선현의 말씀이 생각나는
하루.

그대의 11월은 모든 것이 평화롭고 건강하며
언제나 행복한 날들이었으면 좋겠습니다.

11월은 정중동이라는 말이 잘 어울리는 계절입니다.

나뭇잎 하나 없이 앙상한 나무가 움직인다고 생각할 수 있을까요?

하지만 그 안에서는 활발히 다가올 봄을 준비하는 조그만 움직임이 있습니다.

우리의 11월도 이렇듯 조용한 휴식과 분주한 준비가 함께 합니다.

겨울을 감싸는 따뜻한 행복이 깃들기를.

바다이야기 72.7x53.0 Oil on Canvas

17 ○●

사랑의 이사

나는 어릴 적부터 자취를 했다. 이사도 많이 다녔었다. 타향에서 아는 얼굴도 없이 이사를 다녔던 그때의 어려움이 쉽게 잊혀지지 않는다. 그런 마음이 사랑의 이사를 계획했다. 먼저 차량이 필요했다. 자신의 차를 흔쾌히 빌려주는 것, 그것도 자신의 여건에 맞춰 베풀 수 있는 하나의 재능기부라고 나는 생각한다. 대상은 강동구청 독거노인 분이었다. 3층 옥탑에서 지하로 살림을 옮기는 이사였다. 마무리이사 박남현 대표를 필두로 우리 재능기부 운영위원, 임원들과 나는 직접 이삿짐을 날랐다. 흔한 이사, 차에 짐을 싣고 짐을 옮기고 집을 정리하고…

내가 줄 수 있는 가스레인지와 프라이팬을 내놓으며 나는 같이 살아간다는 것에 대해, 살아있음에 대해 느낄 수 있었다. 그런 마음들이 하는 일을 어찌 하찮다고 할 수 있을까. 이사 후 함께 자장면을 먹는 것도 참 의미있는 추억이 되었다. 혼자 하기 힘든 일을 조금이라도 거두어주는 것. 우리는 돈으로 기부하는 것만이 가치있는 것이라 여길 수 있지만 직접 동행한다는 것은 그토록 아름답다. 흔한 이사, 기술 없이도 베풀 수 있는 재능 기부… 사람들은 자신은 재능이 없다고 하지만 사지 멀쩡한 육신으로 행하는 노력 봉사가 이것이 아닐까 한다. 마음이 먼저 동하는 사람 간의 정이 아닐까 한다.

토요일 오후 2시의 대화

> 사랑은 깨닫지 못한 사이에 찾아든다.
> 다만 그것이 사라져 가는 것을 바라볼 뿐이다.

사랑을 해 본 적이 있나요? 혹시 기억하나요?

내 사랑이 정확히 언제, 어떤 계기로 시작되었을까.

그저 정신을 차리니, 사랑하고 있었을 뿐인데.

인식하는 순간, 손가락 사이를 빠져나가는 바람처럼,

그것은 안타깝게도 사라져 떠나갑니다.

그것도 어쩔 수 없는 세상의 이치라면, 더 넓은 사랑 할 수 있길.

> 사랑은 생명의 꽃이고 희망입니다.
> 남에게 사랑을 받고 싶거든 먼저 남에게 사랑을 베푸세요.

아침에는 기도합니다.

넓은 사랑을 하고, 또 넓은 사랑을 받으며 살아가기를.

오늘 하루도 이처럼 가득하기를.

저녁에는 행동합니다.

조금씩 나눔과 배려의 씨앗을 뿌려 사랑의 꽃으로 피어나도록,
넓고 풍부한 사랑의 꽃향기가 온 세계에 가득하기를.

사랑을 가르쳐주는 사람은 아무도 없다.
우리의 생명처럼 태어날 때부터 가지고 태어나는 것이다.

어린 아이가 자라나는 모습을 본 적 있으신가요?
아이가 말하고 걷는 것은 원래 갖고 있던 자연의 축복입니다.
우리가 사랑할 수 있는 능력도 영혼의 선물입니다.
내가 누구든, 어디서 태어났든, 무엇을 하든 그것은 중요치 않습니다.
중요한 건 우리는 사랑을 할 수 있다는 것입니다.

사소한 일에도 '잘했다.'라고 칭찬해주면
칭찬받는 사람은 상상을 초월할 정도로 더 노력한다.

우리는 칭찬에 인색한 편입니다.

다른 사람을 칭찬하는 것이 맘처럼 쉽지 않나요?

혹시 칭찬하면 왠지 위엄이 없어 보인다고 생각하나요?

칭찬은 사람의 능력을 극한으로 끌어올리는 힘입니다.

칭찬은 승리의 방법이자 상대에게 자신을 각인시키는 열쇠입니다.

오늘 주위 사람들에게 칭찬 한마디 해보는 건 어떨까요.

그저 빵 하나를 건네듯이, 자리를 양보하듯이 사소하게 말입니다.

산다는 것, 나는 아직도 내 인생의 해답을 모른다.
그러므로 산다는 것에 늘 설렘을 느낀다.

인생이 힘든 이유는 미래를 알 수 없기 때문입니다.

그러나 인생이 설레는 이유도 미래를 알 수 없기 때문입니다.

결말을 아는 드라마에 설레지 않듯이,

해답을 아는 인생은 전혀 설레지 않을 것입니다.

해답을 모른다는 것, 정도가 없다는 것,

그것은 어쩌면 신의 축복인지도 모릅니다.

오늘도 감사하며 살아갑니다.

삶에 있어 가장 위대한 일은 끝없는 배움,
그리고 자신의 마음을 젊게 유지하는 것입니다.
행복한 주말 되세요.

배움에는 끝이 없다고들 합니다.
세상은 완전하지 않기에 끝없이 변하고,
우리는 완전하지 않기에 끝없이 공부합니다.
만일 조금이라도 배움을 멈춘다면
우리는 금세 늙고 시들어버릴 것입니다.
아무리 작은 것이라도 항상 배우는 삶 되었으면 좋겠습니다.

삶의 마지막 순간에 간절히 바라고 원하는 것이 있다면
그것은 지금 꼭 해야 할 일들이다.

당신의 인생이 하루뿐이 남지 않았다면 어떨까요?
하루 동안 꼭 하고 싶은 일들을 눈을 감고 적어보세요.
하고 싶은 일, 만나고 싶은 사람, 먹고 싶은 것,
듣고 싶은 음악…
이제 눈을 뜨고 종이 위를 보세요. 무엇이 보이나요?
그것이 당신이 바로 지금 해야 할 일들입니다.
내일 혹은 미래에 해야 할 일은 없습니다. 지금입니다.

삶이 외로울 때, 허전할 때, 지쳐있을 때,
위로해 줄 좋은 친구가 있다면 행복한 사람!

무거운 짐을 진 사람을 돕는 일은
짐을 나누어 들어주는 것,
남을 위로해 준다는 것은
남의 고통을 나누어 안는 것.
나의 고통을 안고도 웃으며 괜찮다 말해주는 친구,
미안하고 미안하면서도 고맙고 또 고맙습니다.
그렇기에 나는 가장 행복한 사람입니다.

새는 자신을 흉내 내는 피리소리에 넘어오고
사람은 자기를 칭찬하는 말에 호감을 갖는다.

뱀은 조련사의 피리소리에 춤을 춥니다.
새는 자신을 흉내 내는 소리에 끌려 붙잡힙니다.
사람은 자기를 칭찬하는 말에 호감을 가집니다.
따뜻한 햇볕이라도 늘 사람의 옷을 벗길 수는 없는 노릇입니다.
진심어린 칭찬은 늘 힘이 강합니다.
칭찬은 사람의 마음을 열어 보일 수 있습니다.

하늘이야기 91.0x72.7 Oil on Canvas

18 ○●

사랑의 김장 나누기

보통 김장철은 11월이다. 그래서 여름이 되면 김치가 대부분 떨어진다. 추석 전에 김치가 동나는 경우가 많은데 어려운 환경에 있는 사람은 오죽할까. 우리가 그 어려운 시기에 김치를 담가 드리면 좋겠다고 생각했다. 200가정에 10kg씩 총 2,000kg를 계획했다. 새로운 주제로 김장 봉사라 불렀다. 하지만 이도 나는 노력봉사라고 생각한다. 예를 들어 1kg에 4,500원이라 하면 한 구좌에서 사만 오천 원으로 한 가정을 돕는 셈이다. 하지만 직접 몸으로 나서서 도와준다면 그것은 사만 오천 원에 비할 데 없는 노력봉사가 된다. 물론 돈으로 하는 봉사도 값진 것이지만 직접 땀을 흘리는 것에 비할 것이 못 된다.

우리는 하루를 배추와 고춧가루와 씨름하며 다행히 경기도 광주 200가정에 직접 김치를 배달할 수 있었다. 생계비를 정부에게 지원받는 어려운 가정 대상이었다. 조금이라도 든든한 추석이 되었으면 그리고 그들의 끼니가 그들만의 조금의 희망이 되었으면….

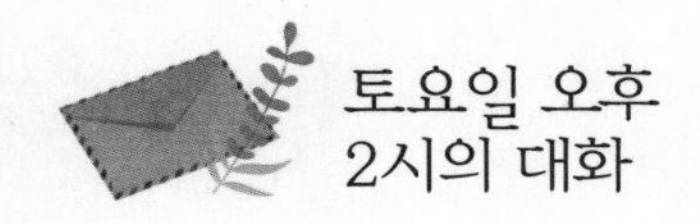

토요일 오후 2시의 대화

> 이쁘지도 않고 가시뿐이라고 믿었던 선인장도
> 오래고 더딜지는 모르지만 이쁜 꽃이 핀다.

누구나 어둠을 갖고 있듯이

빛 한 움큼 정도야 없는 사람 없습니다.

우리는 현재 너무 빨리 흘러갑니다.

자신의 아름다움은커녕 남의 아름다움도 느끼지 못할 정도입니다.

더 오래 보아야 느낄 수 있습니다. 사랑할 수 있습니다.

사랑이 없는 것이 아니라 우리가 발견하지 못하는 것입니다.

> 나눔이란 내가 남보다 먼저 가진 것을 못 가진 이들에게
> 나눠주는 것입니다. 아름다운 나눔.

남이 가지지 못할 것을 내가 가진 것이 아닙니다.

단지 남이 '아직 못 가진 것'을 내가 먼저 가진 것일 뿐입니다.

반대로 생각해보면 내가 아직 못 가진 것들도

누군가 이미 가졌을 것입니다.

간단합니다. 가진 자가 못 가진 자에게 나누고
못 가진 자가 더욱 못 가진 자에게 나눈다면
우리는 같은 종류의 시간과 행복 속에서 공존하는 것입니다.

> 나눔실천을 통한 가슴 벅차 오르는 행복은
> 이 세상에서 가장 아름다운 영수증입니다.

무언가의 기록을 담당하는 영수증.
그것을 아름다움으로 채우는 것만큼
자신이 아름다워지는 일은 없을 것입니다.
그리고 그 아름다움 앞에 늘 나눔이 있다는 것은
그러한 영수증을 늘 손에 쥐고 있는 사람은
그 누구보다도 아름다움의 주인이자
아름다운 인생의 주인공일 것입니다.

> 돈이나 명예, 지성과 사랑보다도 더 귀하고
> 나를 행복하게 해준 것은 우정입니다.

만나 조촐하게 소주 한잔 할 수 있는 친구.
어려움이 닥쳤을 때 귀 기울여주는 친구.
사람이 그리워 불렀을 때 그 그리움만큼 채워주는 친구.

어릴 때도 함께였고 늙어서도 함께인
나와 같은 인생사를 통과하는 친구.
여러분은 이런 친구가 몇 명이나 있습니까?
저는 단지 불러보는 것만으로도 행복한 친구가 몇 있습니다.

거룩하고 즐겁고 활기차게 살아라.
믿음과 열심에는 피곤과 짜증이 없습니다.

모두 자기를 위해 삽니다. 그리고 그건 당연한 것입니다.
누굴 돕는 것도 어떤 목표를 위해 자신을 희생하는 것도
결국 보면 모두 자기 자신이 원해서, 자신을 위하여 하는 일입니다.
거룩하고 즐겁고 활기차게 살아라.
자기 자신을 위해 그렇게 합시다.
자신을 위하는 길이 남을 위하는 길이 되도록 합시다.

도화지에 물감을 아끼면
좋은 그림을 그릴 수 없듯 꿈을 아끼면 성공을 그릴 수 없다.

어떨 때는 온몸을 던져야 합니다.
어떨 때는 가진 재산을 다 쏟아 부어야 합니다.
또 어떤 때는 하루를 고스란히 바쳐야 하며

몇 년을 바치기도 합니다.

그것이 자신의 확고한 신념일 때

우리는 그렇듯 과감하고 거침없이 움직일 필요가 있습니다.

성공은 별다른 게 아닙니다. 자신을 믿고 따르는 것.

그렇다면 행복은

기꺼이 우리의 동반자가 되어줄 것입니다.

하루해가 짧다고 하여 그것을 헛되이 하지 말라.
하루를 버리는 것은 생명을 멸하는 것과 같다.

하루를 정직하게 산 사람은 인생을 정직하게 산 사람과 같습니다.

스스로에게 물어봅시다.

"너는 오늘 하루를 어떻게 살았는가?"

대답은 각자 다르겠지만 정답은 확실합니다.

물이 모여 바다가 되고 모래가 모여 산이 되듯이

하루가 모여 인생이 되는 길, 하루에 충실했다면

당신 인생의 정답은 의심의 여지없이 확실합니다.

당신이 친절한 태도로 사람에게 끼친 유쾌함은
당신에게 이자까지 붙어서 되돌아옵니다.

나눔의 진정한 의미는 바로 그것의 풍족에 있습니다.
보통 나눔이라 하면 자신의 것을
떼어주는 것으로 인식하기 쉽지만 아닙니다.
진정한 나눔은
나눌 때의 행복과 뿌듯함으로
자기 자신에게 더 큰 재산이 되어 돌아오기 마련입니다.
저는 나눌수록 풍요로워집니다. 마음 부자입니다.

힘들 때 우는 건 삼류다. 힘들 때 참는 건 이류다.
힘들 때 웃는 건 일류다. 언제나 웃음이 가득.

웃음으로 돌파하기. 말은 쉽지만 행동이 쉬운 것만은 아닙니다.
하지만 시작만은 쉽습니다. 그저 웃어보세요.
웃음은 웃음을 따라옵니다. 웃음끼리는 친합니다.
그러다보면 어려웠던 웃음도 어느새 생의 동반자가 되어
당신의 중반 · 후반을 이끌어줄 것입니다.

여름이야기 모래재 91.0x72.7 Oil on Canvas

19 ○●
묻다

300만 원으로 시작해 크진 않아도 작은 성공을 거두었을 때 창업성공사례 강의를 하고 다녔었다. 그때 여주교도소에서 이와 관련해 강의를 해달라는 연락을 받았다. 처음 교도소를 들어갔던 마음을 기억한다. '죄인들은 눈이 네 개고 머리와 코가 두 개'라는 어릴 적 들었던 말. 나는 내심 험상궂은 외형을 상상했지만 그들과 얘기하고 그들이 내 얘기에 경청하는 걸 보며 나는 그들에게 지극한 평범함을 느꼈다.

비록 몇 시간 강의를 한 게 전부였지만 나는 더 성공한 다음 돌아와 이 사람들에게 힘겨운 시간을 지나갈 수 있는 희망 얘기를 해주고 싶었다. 그렇게 나는 훗날 작은 콘서트를 교도소에 돌아와 열 수 있었다. 아직도 기억에서 지워지지 않는 것이 있다. 재미난 무대를 만들어주기 위해 그들에게 작은 것이라도 대접할 게 없을까 조사한 결과가 그것이다. "뭐가 제일 먹고 싶은가?" 나는 물었고, 놀랐다. 사회인이 전혀 생각하기 어려운 답이었다. 그것은 바로 새우깡과 초코파이. 이것이 그들이 당장 원하는 바람이자 희망이었다. 우리는 천오백 명 정도의 재소자들에게 과자를 나누어주었다. 그 사람들의 바람은 큰 것이 아니었다. 침대를 바꿔 달라, 샤워시설을 바꿔 달라, 이런 요구를 기대했는데 웬걸, 단순한 마치 어린아이가 원하는 작은 소망을 그 사람들은 말했다. 그리고 나는 느꼈다. 그게 그 사람의 참마음이면 그렇게 순수한 사람이 왜 죄를 지었을까. 그리고 나는 생각했다. 어쩌면 우리가 일컫는 '죄를 짓는 사람'보다는 '죄라 치부하기 뭣한 죄'를 짓는 사람들이 모인 곳이 교도소는 아닐까, 하는.

정말 노력하는 사람이 잘 사는 시대가 되어야 한다고 생각한다. 지금 우리 사회가 지나간 시대는 그렇지 못하다. 그리고 사회가 그렇지 못하다보니까 약자들이 죄를 지을 수밖에 없는 환경에 놓이게 되었다고 생각하는 것은 비약인가. 그렇게 만든 사회의 책임은 어디 있는가. 어쩌면 사회적 책임을 물어야 한다는 것. 죄짓는 환경에 우리가 살고 있다는 것. 시대의 아픔이 곧 우리의 과제라고 나는 그들을 보며 물음을 떨칠 수 없었다.

토요일 오후 2시의 대화

나를 아는 모든 사람들을 사랑한다.

지구상의 사람이 60억 명 정도 된다고 합니다.
우리가 살면서 스쳐 지나가면 잊혀지는 수많은 사람.
당신과 내가 서로 잊혀지지 않는 사람인 건 얼마나 큰 기적인지요.
옷깃만 스쳐도 인연이라고 하는데 얼마나 큰 인연인지요.
나를 아는 모든 분들에게 깊은 감사를, 마음을 드립니다.

난초가 깊은 산속에 있어
알아주는 사람이 없다고 하여
향기롭지 않은 것은 아니다.
향기로운 사람 되세요.

산행을 하다 보면 신비로운 체험을 하게 됩니다.
새가 보이지 않는데도 새소리가 산을 메우고,
꽃이 보이지 않는데도 꽃향기에 절로 코가 이끌립니다.
아무런 말도 하지 않아도 향기를 뿜는 그것들처럼
그러한 사람이 있습니다.
그런 사람이 되고 싶다는 소망을 오늘 품어봅니다.

남과 같이해서는
남 이상 될 수 없다.

경제학에선 블루 오션과 레드 오션을 말합니다.
블루 오션은 미개척지, 레드 오션은 무한경쟁의 영역입니다.
성공하려면 블루 오션을 개척해야 한다는 말은 이미 정설입니다.
그렇다면 어떻게 해야 블루 오션을 개척할 수 있을까요?
남과 다르게, 남보다 더한 노력과 열정으로 그것은 가능해집니다.

남보다 시간을 더 투자할 각오를 한다.

움직이지 않아도 되는 다이어트법, 자면서 하는 공부법…
많은 사람들이 쉽사리 혹하는 그런 종류의 이야기들.
투자 없이 성과를 이루어내는 게 과연 가능할까요?
그렇지 않습니다. 세상 모든 일에는 대가가 있는 법입니다.
빛나는 성과에는 시간과 투자가 필요한 법입니다.

남에게 베푼 것은 생각하지 말라.
그러나 남에게 은혜를 받는 것에 대해서는 잊어서는 안 된다.

나눔은 가장 고귀하고 아름다운 행동입니다.
하지만 고귀한 나눔에 번잡한 때를 끼게 하는 것들이 있습니다.
남한테 베푼 것을 계량하기, 손익을 계산하면서 행동하기.
필연적으로 거기에 집착하게 되어 고귀한 나눔에 번잡한 때가 끼게 됩니다.
남에게 은혜를 받은 것만 생각하세요.
그걸 잊지 않는다면, 그런 사회가 있다면
나눔은 절로 수면에 떠오를 것입니다.

내 가진 것 보잘것없지만
소중한 사람들을 위해 메시지 하나 보낼 수 있어 행복합니다.

TV를 보면 딴 세상의 이야기를 보곤 합니다.
재벌가의 은밀한 생활 풍경을 전한다는 가십성 TV 프로들,
기실 생각해 보면 그림 속 떡에 불과합니다.
화려한 집과 차와 재물이 없으면 어떻습니까?
소중한 이들에게 사랑의 메시지를 보낼 수 있는데.

내 곁에 있어줘서 사랑합니다.
당신으로 인해 이 세상이 아름다워졌거든요.
내 곁에 항상 있어 줄 거죠?

우리의 세계는 주관적입니다.

때로는 좌절과 절망의 어둠이 우리를 가리기도 합니다.

그럴 때, 당신의 존재를 생각합니다.

그것만으로도 눈부신 빛에 세상이 물들어 갑니다.

앞으로도 함께 눈부신 우리의 세상을 볼 수 있기를.

내 삶에서 가장 행복한 날은 오늘
소중한 시간도
지금 고귀한 일도
지금 하고 있는 일. 좋은 주말.

'당신이 무심코 흘려보낸 오늘은 어제 죽은 사람이 갈망하던 내일'

어제의 일은 우리가 바꿀 수 없습니다.

내일의 일은 우리가 예상할 수 없습니다.

붙잡을 수 있는 건, 오로지 지금.

세계를 변화시킬 수 있는 기회도, 오로지 지금.

내가 꿈꾸고 있는 장밋빛 미래는
현재의 내 행동들이 하나하나 모여서 결정된다.

벽돌 단 하나의 품질이 집의 미래를 결정합니다.

벽돌의 품질은 모래의 품질이 결정합니다,

현재의 선택으로 나쁜 모래를 쓴다면,

그 집의 미래는 이미 결정 난 것이나 다름없겠죠.

우리의 미래는 우리가 현재 하는 모든 행동들의 총합입니다.

여름이야기 91.0x72.7 Oil on Canvas

20 ○●

역발상

〈일본 아모리현의 한 과수원 주인의 역발상은 유명하다. 어느 해 태풍이 심하게 불어 과수원의 사과가 다 떨어져버렸다. 농사를 망친 주인은 생각을 뒤집어 '남은 사과'를 가져다 정성스럽게 포장했다. 가격은 2, 3배를 높이고 백화점 매장을 통해 판매했다. 시험을 앞둔 수험생을 위한 전략이었다. 태풍에도 끄떡하지 않고 버틴 사과니 대학에도 합격할 것이라는 기대심리는 정확히 통했다.〉

사업에 있어 '역발상과 전략'의 비중이 얼마나 큰지 잘 안다. 처음 유통을 시작할 때 일정가격 이상의 상품을 구입한 손님들에게는 단계별로 반드시 서비스를 지원했다. 당시 업계 어디에서도 시작하지 않은 신규서비스지금의 캐쉬백 제도와 비슷하려나?였으며, 한 번 서비스를 받은 고객은 예외 없이 신규고객을 소개했다. 나만의 역발상과 전략의 시작인 셈이었다. 차차 회원이 늘기 시작하며 경품은 청소기에서 카메라 등으로 변천, 고객의 충성도는 하늘을 찔렀다.

토요일 오후 2시의 대화

> 그대의 말 한마디가 내 삶의 힘이 되고,
> 그대의 가벼운 미소 하나가 내 가슴에 꽃이 되어 피어오른다.

매주 한 번씩, 사랑의 말 한마디.

여러분은 어떠셨는지요?

황금이 없어 황금을 나눌 수 없고

보석이 없어 보석을 나눌 순 없지만

좋은 말이 있기에 좋은 말을 나눠드리려 합니다.

좋은 말을 주고 좋은 말을 돌려받는 행복한 연쇄.

행복이 행복을 낳는 기적.

> 노력한다고 성공한다는 보장은 없지만
> 성공한 사람은 예외 없이 노력했다는 걸 기억하세요.

노력을 한다고 모두 성공하는 것은 아닙니다.

하지만 성공한 사람은 노력을 했다는 건 사실입니다.

세상을 뒤흔들 능력이 있어도 노력하지 않는다면 허사입니다.

비록 실패했다고 해도 노력했다면 제자리를 찾습니다.

우리가 실패할 가능성이 있어도 노력해야 하는 이유입니다.

> 누구라도 좋은 기회를 만나지 않는 사람은 없다.
> 단지 그것을 붙잡지 못할 뿐이다.

평행세계이론이라는 것이 있습니다.

내가 살아가면서 겪은 모든 선택이 미래를 바꾸고,

바뀐 미래의 흐름이 각각의 세상이 된다는 것입니다.

우리는 분명히 한 번은 좋은 기회를 만납니다.

하지만 잡지 못하면 그것은 원래 없었던 것이 됩니다.

> 누군가의 하루가 궁금해지는 건
> 어느새 그 사람이 소중해졌기 때문이다.
> 오늘 하루 어땠나요?

사랑에 빠지면 상대의 모든 것이 궁금해집니다.

내 곁에 없는 동안 상대가 무엇을 먹는지,

무슨 일을 하는지, 누구랑 이야기를 하는지

한없는 호기심이 세상의 모든 것을 비춥니다.

당신이 궁금합니다. 오늘 하루 어떠셨나요?

능력 많은 자식보다는
부모를 섬길 줄 아는 자식이
더 큰 그릇입니다.
친척 간 정 많이 나누세요.

자녀는 부모님이 키우는 대로 성장합니다.
나무의 열매로 그 나무를 알 수 있듯이,
성장한 자녀는 부모님을 비추는 거울입니다.
성공하지 못했다 해도 어떤가요,
부모님을 섬길 줄 안다면 큰 그릇을 키워내셨습니다.
그것이야말로 사람이 이룰 수 있는 가장 큰 성공입니다.

다리 떨릴 때 여행 가지 말고 가슴 떨릴 때 여행을 가라.
오늘은 내 인생에 최고의 젊은 날이다.

여행은 항상 떨리는 일입니다.
미지의 세계에 대한 호기심에 가슴이 떨리는 사람이 있는가 하면,
미지의 세계에 대한 두려움에 다리가 떨리는 사람도 있습니다.
강렬한 열정으로 가슴을 움직이세요.
당신 가슴의 떨림이 인생 최고의 젊은 날을 만들어 줄 것입니다.

당신에게 용기가 없다면
이 세상에서 어떠한 일도 할 수 없을 것이다.
즐거운 주말!

보기만 해도 민망한 모습의 개불,

기괴한 모습의 해삼,

공포영화에서 나올 모양새의 아귀,

처음 먹어본 사람의 용기에 감탄합니다.

우스운 예를 들어봤지만 이렇듯 용기가 있다면,

용기만 있다면, 무엇이든지 해낼 수 있을 것입니다.

당신이 성실로 쌓은 하루하루 365개가 모여 한 해를 이루었습니다.
수고한 당신께 박수를 보내드립니다.

한 해도 바야흐로 막바지에 접어들었습니다.

이 긴긴 한 해가 언제 다 갈까 생각했는데,

이미 흘러가버린 시간에 놀라도 때는 늦습니다.

우리에게 주어진 시간이 짧아지는 건 애잔합니다.

하지만 아직은 시간이 있기에, 올해도 힘차게.

여름이야기 청산도 145.5x97.0 Oil on Canvas

21

나는 멈추지 않는다

언제부터 그랬는지 모르겠지만 생각도, 방식도 늘 '새 것'이 좋았다. 고통이 따르더라도 멈춰 있는 것은 싫었고 '꿈을 파는 연금술사'가 되고 싶었다. '창업전문대학'을 세우고 '중소기업 무료전시장'을 건립하고 싶은 오랜 소망 역시 이것에서 출발한다. 또한 '재능기부운동'역시 꾸준히 이어가고 싶다. '원칙'과 '이론'보다 상황을 푸는 열쇠를 쥐어주는 것, 다시 말해 '물고기 잡는 법'을 가르치는 것이 지혜이고 진리임을 잘 안다.

그리고 '신창조인'의 혁신적이고 창의적인 도전사와 아무도 알아주지 않는 제품을 개발하고 판로를 뚫어 소비자의 부담을 덜어낸 시대의 상인들이 일군 '사례박물관'을 널리 알려야 하는 것은 나의 사명이다. 나아가 '창업전문대학'을 설립해 단순한 기술취득기관이 아닌 생각이 다른 인재를 양성하는 '시대의 전당'을 일구고 싶다. 이러한 꾸준하고 지속적인 사회운동을 이어나가 마침내 자신의 몫을 일군 사람으로 남고 싶은 소망이 나에겐 있다.

누가 뭐라고 하던 나는 유통으로 뼈가 굵은 장사꾼이다. 나는 달려왔고 이 길에 자신이 있다. 콩 심은 데 콩 나는 이치를 모르지 않는 나다. 그래도 이왕이면 '사람을 낚는 거상'이라면 더 좋지 않겠나. 내 자신에게도 더 옳지 않겠나. 나는 사람이 좋다.

토요일 오후 2시의 대화

> 마음과 삶에 나눔이라는 뿌리가 내리면
> 사랑이라는 풍성한 열매를 맺을 수 있습니다.

나눔의 종착역 사랑. 사랑의 종착역은 사람입니다.
늘 사람을 향할 때 나눔은 부담스러운 기부가 아닌
움직이는 마음과 인간애로 깃듭니다.
사람으로 도착하기 위하여 저는 오늘도 삶의
일부를 나누어 사랑하고자 합니다.

> 강한 사람이 오래 가는 것이 아니라 지금까지
> 버텨온 당신이 강한 사람입니다.

버티는 것도 성공의 일원칙입니다.
자신의 위치를 지킨다는 것은 쉬운 것이 아닙니다.
우리는 늘 너무 기대하고 너무 많은 바람을 가집니다.
하지만 현재에 충실하다는 것, 그것만큼 이롭고 위대한 일도 없을 것입니다.

미래도 그렇습니다. 살아가는 것이 역경의 연속이라면
그것을 살아내는 것이 우리 삶의 위대함이 아닐까요?
우리는 자체로 반짝이는 삶을 살고 있는 것입니다.

> 기다림은 많은 것을 견디게 하고 먼 것을 보게 하고
> 어둠 속에서도 빛나는 눈을 갖게 한다.

자신만의 순간을 갖는 것, 느낌에 오로지 자신을 맡기는 것.
어쩌면 여유는 주어지는 것이 아니라
삶을 바라보는 태도일지도 모릅니다.
꼭 무언가를 해야 하고 꼭 무언가를 성취해야 하는 것은 아닙니다.
혹시나 그럴지라도 늘 그래야 하는 것은 아닐 겁니다.
그리고 도약하기 위해선
쉼표처럼 자신의 여유를 갖는 일이 몹시 중요합니다.

순결은 흰색이라 금방 물들고 사랑은 빨강이라
금방 바래지고 나눔은 무색이라 영원하네.

그리고 나눔은 투명하여 나누기 위해 뻗은 손길이
보이지 않으며 그 깊이가 가늠이 되지 않아
자꾸 발이 빠지는가 하면 시원하게 발목을 감싸고
비치는 것 같아 보면 내가 마음에 담은 누군가가 보이고
바람이 이는지 물결이 지면 나 또한 영영 두근거리네.

꼭 쥐고 있다고 내 것이 되는 건 아니다.
잠깐 놓았는데도 내 곁에 머무를 때 진짜 내 것이 된다.

사람의 일이라는 게 그 사람 마음대로 되는 것이 아닙니다.
때론 여유를 갖고, 때론 소유하기보단
지켜봄과 기다림의 마음을 가질 때 진정으로 얻어지는 것이 있습니다.
그리고 그것이야말로 자신이 끈질기게 추구하는 것보다
진정으로 자신의 것이 아닐까요?
늘 곁에 머물러있는, 늘 잊을 만하면 소중함으로 떠오르는 사람처럼.

세상이 아름다운 건 서로에게 따뜻한 온기를 줄 수 있어서입니다.
따뜻한 온기를 나눠주세요.

사람이 사람을 향할 때 저는 아름다움을 느낍니다.
사람만이 가지는 온기, 그로 인한 그리움.
우리가 사람에 대한 향수를 느끼는 것은
아마 이러한 사람 본연의 것으로부터 비롯되는 것 같습니다.
그리고 마음으로부터 출발한 온기를 공유한다는 것,
그만큼 사람의 아름다움을 여실히 보여주는 것도 없을 것 같습니다.

언제나 똑같은 물을 품고 있는 연못이 아니라
물이 넘쳐흐르는 샘처럼 활동하세요.

고인 물은 썩기 마련이라는 진리를 우리는 간혹 간과하고
삶을 이어가고 있습니다.
그리고 마치 넘칠 듯 넘치지 않는 수면 위의 출렁임,
이 기분 좋은 긴장을 우리는 놓치고 있는지도 모릅니다.
나의 하루가 가득한 하루라면 나의 인생 또한 그럴 것입니다.
그리고 그것이 기분 좋은 운동으로
자신에게 활기를 가져다준다면
그 또한 기분 좋은 일이 아닐 수 없습니다.

꿈은 내 안에 있는 창의적인 재료들로 만드는
내 생에 최고의 발명품이어야 한다.

꿈을 발명하기 전에 내 안에 있는 창의적인 재료들을
먼저 발견해야 합니다. 그러기 위해선
자신을 알아가는 여정이 필요합니다.
사람들은 때론 앞으로 달려 나가는 데 급급하여
자신을 돌아보는 데 게을리하는 자신을 외면합니다.
하지만 자신을 돌아보는 것이야말로
가장 위대한 꿈의 원천입니다.

삶의 지혜는 혹독한 실패의 눈물과 열정적인 실천의
땀이 농축된 한 방울의 엑기스이다.

사랑과 사람을 찾아 떠나는 여정, 삶.
어떤 시인은 피로, 어떤 시인은 눈물로 삶을 명명했듯이
우리네 삶은 한 방울의 떨림, 그 가득한 뜨거움으로 영원히 빛납니다.
더욱 진실된 눈물을 흘리기 위해서
더욱 진실된 피로 영위하기 위해서
오늘도 저는 삶의 한 방울을 바다처럼 바라봅니다.

여름이야기 청산도 145.5x97.0 Oil on Canvas

22 ○●

8일에 모이는 8명, 팔승회

팔팔 뛰는 사람들이 승리하는 그날까지 회의를 잘하는 모임. 일명 팔승회라는 모임의 슬로건이다. 한 달에 한 번 직접 만남을 갖자는 계획이 어느덧 12년째 접어들었다. 성공한 사람들끼리 모여 특유의 성공담에 취해 먹고 마시는 딱딱한 교류보다는 가볍고 단란한, 의미 있는 모임을 갖자는 생각을 오래 전에 나는 했었다. 그렇게 팔승회는 이제껏 이어져왔다. 하지만 팔승회가 진정 의미 있는 것은 이 12년이란 세월이 전부가 아니다. 그보다도 각자 시를 갖고 와 모인다는 점이 우리를 만나게 했고 이 만남을 멈출 수 없게 했다. '정 쓰지 못하면 좋은 시를 대신 골라서 와라.' 이 철칙은 아직도 지켜지고 있다. 팔승회에선 한 사람 한 사람씩 돌아가며 직접 자기 시 낭송을 한다. 처음 팔승회를 시작할 때만 해도 부끄러워 이것조차 힘들었었다. 하지만 이제 와 들어보면 지금은 모두들 시인이 다 되었다. 시를 풀어보고 각자 느낀 바를 말한다. 잘난 것도 없는 시지만 짧게라도 적어보고 시를 대하고 사람을 지켜보니까 팔승회의 사람들이 다 부드러워졌음을 새삼 느낀다. 시란, 그리고 사람이란 들여다볼수록 빛나는 마음임을 또한 느낀다. 이젠 12년이란 긴 세월을 같이 넘어오면서 가족 같아진 팔승회, 서로의 눈빛만 봐도 이젠 안다. 팔승회는 동 업종이 하나도 없다. 처음엔 각자의 분야에 충실한 CEO로 만났지만 이젠 시를 통해 묶여진 하나의 문화 집단이 되었다. 시가 없었다면 우리는 지속되지 않았을 것이다. 그리고 우리가 이를 통해 얻은 '감성경영' 또한 없었을 것이다.

팔승회 멤버

퍼플비 김대수, 우리트랜스 김대인, 전 경찰청 치안감 김수정, 연화원 오상만, 한국체육대학교 육현철, 우주통상산업 이공우, 이이시에스 전치권, 대일이엔피 최규형, 한국재능기부협회 최세규, 동아합동법률사무소 황대성.

토요일 오후 2시의 대화

> 웃음은 표정만 바꾸는 것이 아니다.
> 행동을 바꾸고 감정을 바꾸고 생각까지 바꾼다.

지인들은 제게 웃음천사라는 별명을 붙여주었습니다.
저는 그 말을 들을 때마다 흐뭇하고 뿌듯합니다.
그러면서 저는 더 웃습니다. 하루가 웃음으로 가득 찹니다.
그러면 주변도 웃음으로 가득 찹니다. 이것은 감염과 같아서
즐거운 일들, 행복한 상상을 불러일으킵니다.
기쁨과 행복을 찾는다는 것, 어쩌면 그리 어려운 일이 아닙니다.

> 겸손은 사람을 머물게 하고 칭찬은 사람을
> 가깝게 하고 포용은 사람을 따르게 합니다.

CEO로 계시는 분들께 선물로 드리고 싶은 말입니다.
더 고개를 숙임으로 하여 자신이 성장하는 것이 아닌
회사가 성장하는 환경을 마련하고
칭찬의 힘으로 삭막한 조직문화보다는

더욱 새롭고 창의적으로 발전할 수 있는 인간상을 마련하고
직원들을 아우를 수 있는 카리스마, 리더십을 바탕으로
자신의 든든한 동반자를 갖추는 것.
어쩌면 이것이 좋은 경영인 감성경영인지도 모릅니다.

설 연휴 잘 보내시고 고향 길 안전하게 다녀오세요.
떡국도 많이 드시지요.
항상 고맙습니다.

설 연휴는 얼마나 설레는 때인가요.
조상님과 이웃들에게 감사와 나눔을 실천하는 데에 하루,
지친 몸과 마음을 쉬는 데 하루,
이런저런 이유로 만나지 못했던 많은 사람들을 만나는 데 하루.
이러한 가득한 하루가 모여 저는 행복합니다.

성공하는 그 자체도 중요하지만
성공한 삶을 누리는 것이 더 중요합니다..
행복한 주말 되세요.

많은 사람들이 성공을 이야기합니다.
하지만 성공 그 자체가 우리 삶의 목적일까요?
성공을 하면, 그 후에는 무엇을 할지 생각해본 적 있나요?
수확한 작물을 썩지 않게 보관하는 것이 중요한 것처럼,
성공을 이루어냈지만 성공의 행복을 누릴 수 있는 것,
그러한 삶의 주인공이 되는 것 또한 중요합니다.

아픔을 치유하는 건 또 다른 아픔이고
외로움이 또 다른 외로움을 이겨내니
그러다 어느 날 웃게 됩니다.

끼리끼리 어울린다는 말이 있습니다. 이 말은 부정적인 뜻으로 쓰이지만 어감만 그럴 뿐 꼭 나쁜 말은 아닙니다.
사랑이 사랑을 부르고 용기가 용기를 부르는 모습을 우리는 보아 왔지 않습니까?
같은 처지에 있는 사람이 그 처지를 진정으로 이해하는 법입니다.
그리고 그 이해는 진정한 행동으로 옮겨져 그 사람의 빛이 되는 법입니다.

자신만 보지 않고 타인을 돌아본다면 그 타인의 도움도
언젠가 누군가의 빛이 되어 나를 밝힐 세상을 꿈꿔 봅니다.

예쁜 모습은 눈에 남고 멋진 말은 귀에 남지만
따뜻한 베품은 가슴에 남는다고 합니다. 행복한 주말.

나누면서 누릴 수 있는 행복.
누구나가 누릴 수 있지만 누구나 누릴 수 있는 행복은 아닙니다.
모두들 누군가의 가슴 한켠에 있고 싶지만
마음처럼 쉽게 그럴 수는 없는 것처럼 말입니다.
당신은 어떤 사람인가요? 누군가에게 어디 어떻게 남아있는 사람인가요?
베푸는 삶을 향해 나아가다보면
언젠가 나의 모습이 뚜렷해지지 않을까요?

남을 비판하듯이 나를 비판하면 욕먹을 일이 없고
나를 배려하듯이 남을 배려하면 다툴 사람이 없다.

자신이 늘 언제나 우선인 것이 사람이기에
세상이 자기 중심으로 설계되어 있는 것이 그릇된 것은 아닙니다.
하지만 간과하지 말아야 할 것은
남도 나와 같은 생각이라는 것입니다.
그렇기에 타인을 생각하지 않으면 개인주의가 되고 악습이 되는 것입니다.
중요한 건 타인을 위하는 것이 나를 위하는 것임을 깨닫는 일입니다.
그러한 사람들이 모여 세상을 이룬다면 분명 밝은 세상일 것입니다.

내가 누군가에게 꼭 필요한 사람이 되고
누군가가 나에게 꼭 필요한 사람이 되면
사랑이 가득하겠지요.

배고픈 사람은 밥이 세상에서 가장 필요하고
목마른 사람은 물이 세상에서 가장 필요합니다.
내가 누군가한테 밥과 물이 된다면,
또 그가 나에게 그리한다면
운명조차 갈라놓을 수 없는 관계가 될 것입니다.

봄이야기 화엄사 홍매화 130.3x89.4 Oil on Canvas

23 ○●

미래지식포럼

20년 동안 사회운동을 하면서 많은 것을 느낀 나이지만 가장 실천하고 싶었고 바래왔던 것이 있다. 그것은 각계각층의 유명한 사람, 좋은 사람을 다양하게 만나 느낄 수 있는 에너지가 내게서 끝나지 않고 여러 사람들과 공유할 수 있는 소통의 장이었다. 그 발단이 바로 미래지식포럼이다. 간단히 말해 사람들이 대화 네트워크를 할 수 있는 장으로 미래지식포럼은 시작되었다. 미래지식은 미래를 이야기한다. 현시대의 유명 인사를 모셔서 그분들의 성공사례와 노하우를 듣고 배우며 함께 토론하면서 네트워크를 만들어가자는 것이 포럼의 존립 이유라 할 수 있다. 신지식인, 한국프랜차이즈협회, 한국재능기부협회는 각 단체 활동의 특성이 뚜렷하나 미래지식은 그렇지 않다고 봐도 무방하다. 아울러 공생하자는 것에 다름 아니다. 지금은 워낙 유명해진 박원순 서울 시장님도 모시고 이정현 국회의원님도 모셔 그들의 진솔한 이야기를 들을 수 있었고 건강강좌는 백남선 원장을 모실 수 있어 다채로웠다. 유명인사+미래지식 구성원들. 이 시너지는 사람들이 모인다는 것과 그로 인한 뜻깊은 이야기 자체가 곧 재능기부라는 나의 발견을 더 굳건히 한다. 자신이 개인적으로 만날 수 없는 이를 만날 수 있는 계기를 만들고 그것을 함께 공유할 수 있다는 것. 이것은 순수한 마음과 목적이 없다면 할 수 없는 것이리라. 앞으로도 초심을 잃지 않고, 삶의 질을 높이자는 목적 외에는 그 어떤 계산적인 목적을 배제한 채 그처럼 순수하게 이 활동을 지속하고 싶다. 사람은 사람을 향한다. 사람이 곧 스승이다.

미래지식포럼

미래지식포럼 원장 전병태(전 건국대 충주 총장)

주임교수 유석쟁(생명보험재단 전무)

토요일 오후 2시의 대화

> 미소는 아무런 대가를 치르지 않고 짧은 시간에 나타나지만
> 그 기억은 영원히 남는다.

세상 모든 것에는 반드시 대가가 있다고 합니다.

하지만 대가 없는 행복이 정말로 없을까요?

잠시 하던 일을 멈추고, 미소를 지어보세요.

당신의 지갑에서 그 어떠한 비용도 빠져나가지 않았습니다.

하지만 그 1초 동안 당신은 행복해졌습니다.

그리고 그 1초의 기적은 더 길어질 것입니다.

대가 없는 행복은 이렇게 시작됩니다.

> 사람은 시냇물처럼 항상 움직이며 변합니다.
> 오늘은 이곳, 내일은 저곳, 모레는 내 곁에 머물겠지요.

간혹 사람을 '소유'하려는 사람들이 있습니다.

안타까운 사람들입니다.

사람의 마음은 시냇물과 같아 붙잡을 수 없기 때문입니다.

흐르는 것은 흐르도록 하는 것이 순리입니다.
언젠가는 돌아올 날을 기다릴 뿐입니다.
그리고 그때 그 순간을 행복하면 될 일입니다.

가장 높은 곳에 올라가려면 가장 낮은 곳부터 시작하라.

높은 곳에서 시작한 사람은 오르는 방법을 모릅니다.
중간에서 시작한 사람은 더 높이 오르는 방법을 모릅니다.
오로지 더 이상 갈 곳 없는 밑바닥에서 시작한 사람만이 압니다.
더 높이, 조금 더 높이 오르다 보면 최고에 이른다는 사실을…

과거에 뭘 했는지 모르는 사람은 과거의 실수를 반복하기 쉽다.

「조선왕조실록」을 읽어보신 적 있으신가요?
그 세심한 기록과 냉정한 반성에는 감탄이 절로 나옵니다.
자신의 고통, 굴욕, 슬픔, 어리석음…
대면하기 싫은 자신을 대면할 수 있는 사람이
과거의 자신에서 벗어날 수 있습니다.
한번, 자신의 모든 것을 기록하는 용기를 가져보세요.

미운 사람이 많을수록 행복은 반비례하고
좋아하는 사람이 많을수록 행복은 정비례합니다.

누군가를 미워하는 건 많은 에너지를 소모합니다.
분노가 치솟으면 아무것도 할 수 없게 되어버립니다.
반면 누군가를 좋아하는 것은 에너지를 만들어냅니다.
사랑이 솟아나면 마음이 따뜻해지고 용기가 생겨납니다.
그리고 그 마음 또한 배가 되어 우리를 충만하게 합니다.
과연 우리에게 도움이 되는 쪽은 어느 쪽일까요?

꽃의 향기는 천 리 가지만
사람의 향기는 만 리 갑니다.
꿈과 희망이 넘치는 좋은 주말 되시길…

사람이 꽃보다 아름다운 건
사람의 향기가 꽃보다 멀리 가는 탓입니다.
아름다운 꽃의 향기는 천 리를 퍼져 벌과 나비를 끌어들이지만
아름다운 사람의 향기는
소문과 책, TV를 통해 지구 반대편까지도 퍼집니다.
꽃보다 아름다운 사람의 향기가
전 세계에 가득한 날이 왔으면 좋겠습니다.

가장 돈을 많이 번 사람이 투자에 대해 말했다.
이 세상 최고의 투자 종목은 바로 자신입니다.

늘 자신이 먼저인 사회가 되었으면 좋겠습니다.

자신이 원하고자 하는 일을 했는데

저절로 사회가 아름다워졌으면 좋겠습니다.

나눔도 선행도 자신을 위한 길이 되었으면 좋겠습니다.

이것을 바라고 늘 자신에게 당당한 사람들이었으면 좋겠습니다.

자신의 행복이 사회의 행복임을 누구나가 느꼈으면 좋겠습니다.

모든 생명체는 한 번 태어나면 끝이지만
오직 인간만은 삶 속에서 다시 태어날 수 있다.

하루의 죽음이고 한 달의 죽음입니다.

바꿔 말하면 하루의 탄생이고 한 달의 탄생입니다.

오직 사람만이 이러한 행로를 개척할 수 있습니다.

자신을 갱신한다는 것, 우리에게 기회는 얼마든지 있습니다.

다만 그 기회를 탕진하지 않다는 전제하에

바꿔 말하면

우리에게 행복과 성공은 얼마든지 시작점에 있습니다.

여름이야기 영월 선돌 72.7x60.6 Oil on Canvas

SUNJIN

24 ○●

창조경영인협회 (2015년 2월~)

현재 우리나라의 박근혜 정부의 주요정책 중 한 가지를 꼽는다면 창조경제 활성화를 들 수 있습니다. 창조경제라 함은 발상의 전환으로 혁신과 융복합, 협업을 통해 보다 큰 부가가치를 만들어내는 것입니다. 현재 정부에선 108조 정도를 창조경제를 위해 쏟아 붓겠다고 했으나 간과하지 말아야 할 중요한 사실이 있습니다. 그것은 창조경제의 뿌리는 바로 중소기업이라는 것입니다. 그 이유인즉슨 기업에 종사하는 사람들 중 99프로가 중소기업인이고 1프로가 대기업인인 현실에서 찾아볼 수 있습니다. 그리하여 전국에 산재되어 있는 창조 중소기업인들을 발굴하여 그들을 치하하고 지원하는 일은 현재 타당하고 시급한 사안입니다.

그렇게 하기 위해선 우선 정부의 주도하에 창조경제를 발전시킬 것이 아니라 민간단체에서 이 사안이 활성화되어야 합니다.

그래야만 창조경제 뿌리를 내릴 수 있다고 저는 생각합니다. 그것의 이유는 시간이 흘러 정부가 바뀌고 세상이 변화해도 자신만의 사업을 계속해나갈 수 있기 때문입니다. 그런 의미에서 봤을 때 창조경영인협회의 필요성을 저는 절실히 느끼는 바입니다. 그리하여 저는 창조경제 활성화 방법을 모색하고자 창조경제 사례발표, 창조경제전시장 개설 혹은 정부공유포럼을 여는 방안 등을 모색하여 창조경제를 활성화시킬 수 있는 민간주도의 단체인 창조경영인협회를 이끌어나가고 있습니다.

창조경영인협회는 현재 미래창조과학부에서 인가를 받아 현재 창조경제 활성화에 노력을 기하고 있습니다.

창조경영인협회는 신창조경영을 하고 있는 사람들 간의 모임을 만들어 창조경제를 활성화하고 도움을 주고자 만든 단체입니다.

신창조인이란 창조적 아이디어와 상상력을 갖고 데이터 융합 및 혁신을 통하여 고부가가치를 생산해내며 이를 통하여 일자리 창출과 국가 경쟁력 강화에 기여하는 사람을 뜻합니다. 그처럼 생각의 변화를 가져오는 사람이 곧 신창조인이라 할 수 있습니다.

호주, 독일, 영국 등 선진국에서는 이미 창조경제 도입에 성공한 사례를 무수히 찾을 수 있습니다. 현재 싱가포르 같은 나라도 창조경제의 필요성을 느끼고 그를 도입하고자 하는 움직임을 엿볼 수 있습니다. 우리나라도 여야 할 것 없이 이 창조경제활성화 사안에 대해 빠르게 반응해야 한다고 생각합니다. 그리고 자발적으로 민간단체들의 창조경제 붐이 일어난다면 우리나라의 경제는 더할 나위 없이 밝은 미래로 나아가게 될 것입니다.

토요일 오후
2시의 대화

깃발이 가장 아름다울 때는
바람이 불어 깃발이 펄럭이며 자신을 다 드러냈을 때이다.

사업 외길. 저는 늘 달려왔습니다.

어쩌면 바람에 나부끼는 깃발처럼 멈추고 싶지 않았나 봅니다.

혼자 있는 안락함보다는 사람 사이의 왁자함으로

고여있는 생각보다는 움직이는 꿈으로

저는 흔들리고 부대끼고 늘 그렇게

살아있음을 느꼈습니다.

그리고 그때에 저는 진정 행복했습니다.

남의 마음까지 헤아려주는 사람은 이미 행복하고
상대가 자신을 이해해주지 않는 것만
섭섭한 사람은 이미 불행합니다.

남이 자신을 이해해주지 않아 불평에 가득 찰 때가 있습니다.

하지만 나는 과연 남의 마음을 얼마나 헤아려 줄 수 있을까요?

그가 나였다면, 나는 나에게 무엇을 원했을까요?

사람은 다 똑같습니다.

내가 먼저 손을 건네면 상대도 손을 건네 올 것입니다.

> 남의 잘됨을 기뻐하는 사람은
> 자신도 잘되는 기쁨을 맛보지만
> 두고두고 배 아파하는 사람은 고통의 맛만 볼 수 있습니다.

누구든지 파멸의 나락으로 빠트릴 수 있는 무서운 괴물이 있습니다.

그것은 부유한 사람을 순식간에 가난하게 만듭니다.

현명한 사람을 순식간에 어리석게 만듭니다.

선한 사람을 순식간에 악한 사람으로 만듭니다.

괴물의 이름은 질투와 시기입니다.

> 당신이 뭘 할 수 없다고 생각한다면 정말 못 하게 될 것이다.

우리가 보고 있는 세상은 존재하는 세상이 아닙니다.

우리가 보고 있는 세상은 만들어진 세상입니다.

우리의 생각이 우리의 세상을 만든다고 해도 허언이 아닙니다.

할 수 있나 할 수 없나를 먼저 생각하기보다

어떠한 방법으로 할 수 있을까를 먼저 생각해 보는 하루 맞으시길.

당신이 아름다운 이유는
이 글을 끝까지 읽어주는 당신의 마음이 아름답기 때문이래요.

자신의 글을 끝까지 읽어주는 사람이 있다는 건
얼마나 행복할까요?
새는 자신의 노래를 들어주는 암컷을 위해 노래합니다.
연주자는 자신의 연주를 들어주는 사람을 위해 연주합니다.
병사는 자신의 검술을 알아주는 군주를 위해 싸웁니다.
저는 이 글을 봐주는 당신을 위해 사랑의 글을 쓰겠습니다.

꿈을 꾸는 것은 사람이지만
사람을 만드는 것은 꿈입니다.
따뜻하고 행복한 주말 되세요.

사람의 역사는 꿈을 실현시키는 역사였습니다.
하늘에 비행기를 날리고
우주에 로켓을 날리는 꿈.
분명 누군가가 꿈을 꾸었기에 그 꿈이 이루어졌습니다.
꿈을 꾸고, 꿈을 이루기 위해 노력하면
세상은 분명 변합니다.
오늘도 꿈꾸고, 실천합시다. 꿈으로 움직입시다.

인연이란 씨앗을 심은 제 마음 밭에 감자를 캐듯
그리움을 캐면 봄 향기가 주렁주렁 나오겠지요.

마음이란 하늘에 눈을 두면 당신이란 구름이 떠오르겠지요.

사람이란 강물을 들여다보면 우리 모두가

거기 있는 물결처럼 조용하고 다정하겠지요.

당신이란 사람이 있어 봄도 단순한 봄이 아닙니다.

내일이라는 것은
미래를 위해 최선을 다해 준비했을 때만
내일이 존재한다는 의미일 것이다.

뛰어난 기타리스트에게 초심자가 기타 연주를 물어왔습니다.

기타리스트는 기뻐하며 설명해주었습니다.

초심자는 얼마나 연습을 해야 당신같이 되겠냐고 질문하였습니다.

그는 얼마나 연습을 해야 될까를 생각하지 않아야 한다 하였습니다.

우리의 미래는 불확실하지만 확실한 건 지금 이 순간 최선을 다하는 것입니다.

여름이야기 보리밭 길 162.0x130.3 Oil on Canvas

25

이만의 장관

사람과 사람 사이에 인연이라는 섬이 있다. 나는 그 섬에 가고 싶다.

이만의 전 환경부 장관님의 형형한 눈빛과 함께 떠오르는 글귀다.

그분을 만나게 된 것은 인연이자 행운이었다. 연세대 강화자 교수가 주최한 오페라 공연 후, 뒤풀이 장소에서 이 장관님을 만났다. 말과 행동이 일치하는 이 장관님을 지켜보며 나는 인연이라는 이름의 섬에 간 것 같았다. 장관님은 장관 시절에는 작은 '티코' 승용차를 직접 운전하시며 공무를 수행하셨다. 지금은 전철을 타고 다니며 이런저런 사회 활동을 하신다. 공직자는 청렴해야 한다는 것을 몸소 보여주듯이. 그분에게서 느껴지는 진정한 사랑과 겸손, 삶의 열정 앞에 저절로 고개가 숙여진다는 회원들도 있다.

열렬한 환경보호론자인 장관님은 작은 꽃 하나도 귀중히 여기신다. 그래서 생화는 절대 사절하신다. 꽃다발도 받지 않으시고 가슴에 꽂는 꽃도 생화는 사양해서 받지 않으신다. 그렇다! 세상은 환경과 더불어 산다. 항상 자연을 사랑하고 환경을 생각하는 그분은 나에게 자연의 소중함을 일깨워 주었다.

"자연과 인생에 감사하라!"고 장관님은 말씀하신다. "자연이 우리에게 주는 놀랍고 오묘한 삶의 지혜와 자연 속에 녹아 있는 인생의 모습을 발견하라."고 들려주신다. 그분의 어록 가운데 잊을 수 없는 것은 '담쟁이 담론'이다.

담쟁이 넝쿨은 절대 혼자 크지 않는다. 어느 한 가지가 먼저 커 버리면 담쟁이 넝쿨은 절대 위로 올라가지 못한다. 담쟁이 가지들이 서로 이끌어주며 올라가지 못할 것 같은 벽 위로 올라간다. 현실에서 여러 사람들이 서로 의지하고 도움이 되어 넘을 수 없는 벽을 넘는 것과 같다.

장관님은 재능기부협회 상임위원으로 활동하시면서 회원들을 격려하고 배려하신다. 그러면서 한 달에 2~3번 만나 사람 사는 정도 나눈다.

인연이라는 섬에 우리는 가 있다.

이만의 전 장관

토요일 오후 2시의 대화

길을 가다 돌을 만나면 약자는 걸림돌이라 하고
강자는 디딤돌이라 합니다.

미래는 일하는 사람의 것이다.
그리고 부와 권력, 명예도 일하는 사람에게만 주어진다.

불행은 내가 시간을 잘못 보낸 보복이다.
시간을 허비하면 그 시간은 다시 돌아오지 않는다.

사람은 하늘이 내리지만 좋은 친구는 내가 만들어 갑니다.
무엇이 사람보다 소중할까요.

약자는 기회를 기다리지만
강자는 기회를 만들어 간다.

하루의 시작은 새벽에 있고
1년의 시작은 봄에 있으며
인생의 시작은 바로 지금에 있다.

행복한 사람에게 웃음이 오는 것이 아니라
웃는 사람에게 행복이 찾아온답니다.

떠나고 나서 소식이 없기에 잊은 줄 알았더니
어느새 다시 찾아와 마음 설레게 하는 당신은 가을입니다.

남을 위해 기도하면 내 마음이 맑아지고
남을 위해 불을 밝히면 내 앞이 먼저 밝아진다.

나를 비우면 행복하고 나를 낮추면
모든 것이 아름답게 보인답니다.
가을향기 가득한 좋은 주말 되세요.

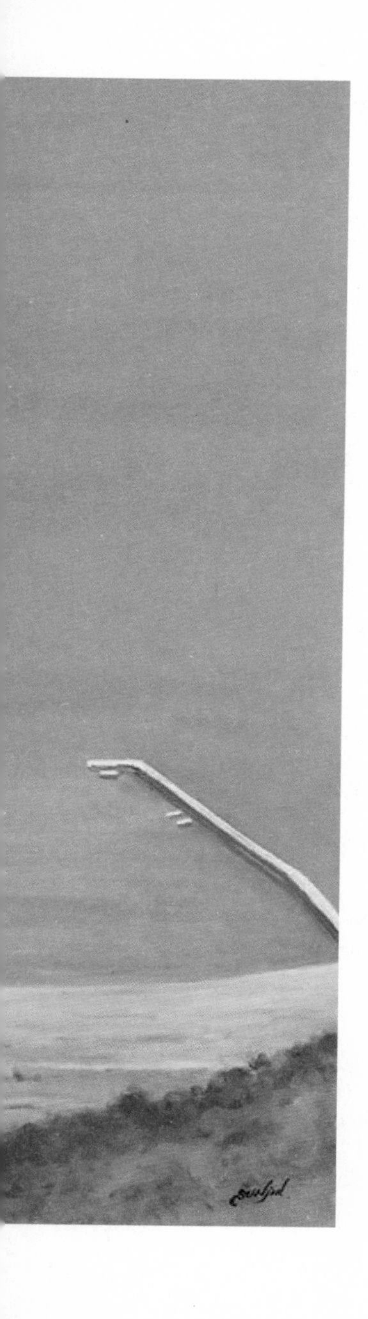

바다이야기 사량도 116.7x91.0 Oil on Canvas

26 ○●

정운찬 국무총리

"더불어 산다."

이 말만큼 귀에 쏙 들어오고 가슴을 따뜻하게 만드는 말도 없는 듯싶다.

더불어 산다는 것은 더불어 성장한다는 뜻이기도 하다.

'지역 간의 동반 성장' '세대 간의 동반 성장' '남녀 간의 동반 성장' '대기업과 중소기업의 동반 성장' '부모와 자식 간의 동반 성장' '재래시장과 대형 마트의 동반 성장'…. 모두 아름다운 사회, 정의로운 사회, 따뜻함이 넘치는 사회를 만들기 위한 동반 성장이다.

정운찬 전 국무총리의 정치 사회철학은 '동반 성장'이다. 함께 가야 멀리 간다는 것이다. 이 사회가 안고 있는 모든 문제점이 함께 가지 않으려는 데서 비롯되지 않나 나는 생각해 본다. 동반 성장해서 모두가 더불어 살아야 하는 것을…. 재벌 독주의 시대에서 벗어나 우리 경제의 체질을 확 바꾸어야 하는 것을….

총리님이 가는 길은 우리 재능기부협회가 가고자 하는 방향과 같다.

총리님과는 '2011 제주 브랜드 천년의 세계화를 위한 대한민국 제주 - 유네스코 선정 세계 7대 자연경관 선정 도전' 추친위원회에서 첫 만남을 가졌다. 나는 탤런트 고두심 씨 등과 함께 제주도가 추진하는 이 프로젝트에 홍보대사로 위촉됐고 열정을 다해 이 사업을 널리 알렸다.

총리님의 방향성과 인품에 이끌린 나는 그분이 운영하는 '동반성장연구소'에서 일하고 싶다는 뜻을 비쳤다. 그래서 요즘도 동반성장연구소의 정책위원장으로 작은 역할을 하고 있다.

총리님은 이에 화답해서 재능기부협회 행사가 있을 때는 축사와 시상도 해주시고 강의도 해주신다. 『가슴으로 승부하라』는 책을 출간하실 때는 출판기념회 전에 나와 LA 올림픽 금메달리스트 김원기 선수를 부르셨다. 이 책을 선물하시면서 책 제목 그대로 '가슴으로 승부하라'고 말씀하셨다.

그분의 온화한 미소. 거기에는 누구도 흉내낼 수 없는 정직함이 묻어나는 것 같다. 행동 하나하나, 말 한마디 한마디에는 인간에 대한 따뜻한 애정과 배려가 배어나온다. 절대로 화를 내는 적이 없으시다.

총리님은 30명의 이름을 금방 외우시고 일일이 호명하실 때도 있다. 기억력이 워낙 좋아서 그러시기도 하겠지만 만남이라는 인연을 가진 사람들에 대한 따뜻한 배려가 아닌가 한다. 그렇다. 배려도 더불어 사는 '동반 성장'이 아닐까?

정운찬 전 국무총리

토요일 오후
2시의 대화

나 하나 나누고 베푼다고
무엇이 달라지겠느냐 생각하지 말라.
너와 내가 베풀면 세상이 아름다워진다.

있을 때 존중하고 없을 때 칭찬하며
곤란할 때 도와주고 베푼 것은 생각지 마라.
이것이 인연을 만드는 법.

웃는 사람은 웃지 않는 사람보다 오래 산다.
건강은 웃음의 양에 달렸다는 것을 아는 사람은 거의 없다.

인간의 가치는 얼마나 사랑받았느냐가 아니라
얼마나 주위 사람에게 사랑을 베풀었느냐에 달려있다.

인생은 즐겁게든 슬프게든 내가 만드는 것.
욕심이 많으면 기쁨도 많지만 그만큼 고민도 커지는 법.

꽃처럼 피어나고 파도처럼 춤추고 처음처럼 사랑하세요!
오늘 하루가 인생 최고의 날입니다.

청포도가 익어가는 7월.
고향의 해당화가 피고 지듯이
우리 마음에도 그리움과 추억이 커져갑니다.

우리의 삶을 하나의 경영으로 본다면
건강이 가장 큰 이익이고 만족은 가장 큰 재산이다.

추석이 나를 토닥거린다.
이번 추석에는 좋은 일이 있을 거라고.
보름달처럼 넉넉한 한가위 되세요.

사람과 사람 사이에 인연이라는 섬이 있다.
나는 그 섬에 가고 싶다.
가을 향기 가득한 시간 되세요.

바다이야기 제주 72.7x53.0 Oil on Canvas

사람들은 제게 묻곤 합니다. 어떻게 그렇게 할 수 있느냐? 사회활동을 갑자기 접으면 경제활동은 어떻게 하느냐? 경영에 미련이 남진 않느냐? 재능기부 운동을 펼친다고 해서 자신에게 득이 될 게 무엇이 있느냐?…

선문답 같지만 저는 사람이 좋습니다. 그냥 사람이 좋습니다. 사람만이 희망이라고 노래한 시인의 시구가 저를 치고 울립니다. 그렇기에 기업에서 손을 떼고 사회운동을 할 수 있었던 것 같습니다. 후회하지 않는 행복의 길로 들어설 수 있었던 것 같습니다. 그렇지 않다면 할 수 없었을 것입니다. 의욕만 가졌다면, 해야 한다, 해야 하니까 해야지, 하는 결심만 있었다면 여기까지도 올 수 없었을 것입니다. 그건 마음의 부재이기 때문입니다. 마음과 한 방향으로 움직이는 몸이 아니기 때문입니다.

저는 재능기부 활동을 펼치면서 사람에게 홀리는 능력은 누구나, 어느 사람이나 갖고 있다는 것을 느낍니다. 사람의 본질이 그런 것 같습니다. 어떻게 혼자 살 수 있겠습니까? 아무리 잘난 사람도 그럴 수는 없습니다. 사람은 사람과 살아야 사람입니다. 그래야 사람다운 일을 할 수 있습니다. 누구든지 자신의 마음을 깊숙이 잘 살펴보면 사람에게 홀리는 능력을 발견할 수 있을 것입니다. 다만 생활 속 피로에 지쳐 잘 보이지 않는 것뿐이라고 저는 생각합니다.

그렇기에 사람입니다. 그리고 사람입니다. 의문은 사람에 있고 답도 사람에 있습니다. 그리고 꼭 재능기부가 아니더라도 사람을 향해서, 사람을 위해서 하는 일이란, 말 그대로 사람을 받드는 일임을 저는 압니다.

저의 꿈은 많습니다. 박물관 설립, 법 제정, 전세계적인 재능기부의 확산… 하지만 결국 저는 이것을 말하고 싶었던 것 같습니다. 사람을 사랑하자.

"사람이 행복이다."

모든 일의 시작과 끝에 사람이 있듯이 제 시작과 끝에도 사람이 있을 것입니다. 그리고 저는 그 길을 따라 꾸준히 달려갈 것임을 저 자신에게 가족에게 동료들에게 그리고 모두에게 다짐합니다. 그리고 그렇게 할 것입니다. 동행은 아름다운 꿈을 향한 응원입니다.

저는 사람들이 좋습니다. 사람이 저에게는 행복입니다.

사회에 봉사할 수 있는 기회를 만들어 주신 분들, 나의 손길을 사회에 환원할 수 있는 데 도움을 주신 분들은 제게 사랑이자 행복인 사람들입니다.

제가 지금까지 재능기부를 할 수 있었던 것은 제가 만난 좋은 사람들 덕분입니다. 저는 미약하였지만 좋은 사람들은 저에게 많은 도움을 주셨습니다.

이 책을 쓰면서 저는 좋은 사람들에게 진심으로 감사합니다.

앞으로도 좋은 사람들과 함께 저의 길을 가고 싶습니다.

최세규

이 책의 발간에 앞서 '제목 공모'를 하였습니다. 많은 분들께서 뜻 깊은 마음을 주셨기에 책 말미에 이렇게 수록하게 되었습니다.

강구봉	우리들의 공감소통
강구봉	마음을 따뜻하게 하는 손짓
강명희	메아리
고윤권	소려 작은소
곽창성	마음에서 마음으로
구본희	하늘바람 같은 당신
권성희	최세규의 생각
권순태	내 맘의 강물 끝없이 흐르네
권영걸	최세규의 행복메세지
권영걸	최세규의 행복예찬
권오길	추억의 메시지
김길주	마음에서 마음으로
김도연	행복한 동행
김동현	가장 잘 살아가는 인생 지표

김명선	매토
김문석	너와 나의 꿈
김병찬	최세규의 바람편지
김병찬	최세규가 전하는 바람의 말
김복건	풀향기, 꽃향기, 솔내음, 솔향기
김석배	사랑 희망 행복
김성수	삶속에 울림이 있는 말
김성수	그냥 전해주고 싶은 말
김성식	꿈 희망 그리고 사랑
김성택	사람이 꽃보다 아름다워
김성택	마음을 연결하는 80자
김세정	Be Happy!
김세정	함께 여정을
김세훈	인생은 아름다워
김세훈	흐르는 강물처럼
김순식	최세규의 소통 드라마
김시홍	인연을 인맥으로 만들기
김영록	최세규의 희망의 메신저
김영석	사람이 사랑입니다
김영희	희망을 실어주는 소리
김영희	사람을 만나게 해주는 꿈
김옥순	고마운 소통
김용숙	향기가 있는 글
김용우	당신과 나의 이야기
김용익	감성 울리는 한주의 한줄 명언
김인숙	토요일에 보낸 편지
김인숙	꿈 그린 한마디
김재일	사랑의 메신저
김정옥	꿈과 희망의 메시지
김정희	20년
김종무	추억을 만드는 주말

김종부	당신의 가슴 소리
김종출	자투리 공간
김주현	행동하지 못해서 반성해봅니다
김진준	20년 단상
김철빈	함께한 20년, 함께할 60년
김형열	살아있는 명심보감
김형철	토요나눔 바이러스
김혜정	향기나는 주말 러브레터
김홍선	맛있는 세상 살아가기
김희수	꿈, 희망 그리고 행복의 전령사
남종애	작은미소 내가 나눌 수 있는 보석
남중진	최세규가 전하는 토요일의 행복메세지
노대종	1040회 토요일 함께하며
노재혁	20년사 최세규 토요 메시지
류정기	작은 메아리 큰 울림
문영철	토요일에 메시지
박기현	행복한 나그네
박민규	행복한 시
박상권	희망 그 이름
박용욱	행복발전소
박원호	삶의 토요일
박종관	차담도량
박종관	맑은 향기
박종병	가슴 따뜻한 사람들이 함께하는 삶의 진리
박주호	배려의 행복
박준식	늘 처음처럼
박혜정	나는 인연을 기부하는 사람
박홍준	토요일 오후
방병선	꿈. 희망. 미래를 향한 대화록
방중호	함께하는 삶의 지혜
변광식	주말에 받은 희망

서동숙	최세규의 살아가는 이야기
서석홍	토요일에 전하는 인생 지혜 한마디
석종진	사람향기 배달합니다
선익희	행복의 마음을 담은 문자
소영숙	평범한 말도 빛이 난다
손일만	20년간의 배달문자
송영근	기다려지는 소식
송주영	그대가 있어 오늘도 행복합니다
송희봉	희망이 담긴 알짜배기 글
신경희	지금 이 순간 춤추고 노래하라
신경희	7300일의 기적
신영금	굿모닝 세러데이
신영섭	행복에 꿈을 주는 희망에 메시지
신영식	해와 달의 만남
신희영	960줄의 인생약속
신희영	토요 철학자
안숙이	만남과 인연
안옥순	생각하고 말하고 감사하기
안홍균	향기로운 기도
양명섭	서로를 밝히는 등불
양명섭	마음을 비추는 거울
양준호	흐르는 시간은 아름다운 사랑
영옥	늘 응원합니다
오영수	정
오태헌	인향만리
용덕중	함께 꾸는 꿈
유덕현	아름다운 어울림
유철기	40자에 담은 사랑 20년!
유현우	삶의 지혜
유형익	토욜 흑두루미
유호식	꿈과 희망을 가져가세요

윤명선	한결같은 이야기
윤명성	그래 바로 이거야!
윤병관	인간&인연
윤상훈	삶의 지혜
윤생진	나는 국가인증 신지식인이다
윤영무	1초안에 받는 삶의 위안
이경숙	나눔 속에 행복한 삶
이경일	세규에세이묶음
이경환	지울(지혜가 울창하게 쌓여간다)
이근갑	20년의 SMS--큰 강이 되다
이동재	20년 글 동행
이린다	살아가는 이유, 그대가 있기에
이부영	짧은 이야기가 보내온 긴 여운
이상식	희망으로 사는 길
이상현	99.9% 삶 에세이
이영진	주는 기쁨 받는 행복
이영진	행복전도사의 희망 에세이
이원성	토요일 최세규 문자
이윤경	나에게 꿈을 주는 말
이재승	토요일 그날의 추억들
이재효	소통공간
이정선	행복의 조건
이종실	조은 아침
이주용	힐링
이지영	말 한마디의 기적
이지영	당신을 건져내 줄 한마디의 명언
이진희	행복천사 Dream
이진희	꿈꾸는 이의 언어
이태선	정
임영수	소중한 메시지
임정희	소통

장세민	꿈 행복 그리고 사랑
장완성	저 구름 아래 햇빛 속살
전영홍	토요일엔 행복천사
전현호	토서(토요일의 책)
정동원	인생의 저울
정병학	삶에 행복을 여는 명언들
정성영	토요일의 노크
정성영	가슴에 뜨는 해
정승	무한리필 행복 바이러스!
정영국	마중물
정영국	그대 발길 머무는 곳에
정웅교	최세규의 토요 단상
정지훈	문자로 만난 사람들
정태인	사랑하는 사람에게 보내는 편지
제갈현	토요일 2시의 희망메세지
조민자	그대의 꿈을 Design하라
조민희	꿈과 희망을 가슴속에
조현아	소통 발전소
조혜경	토날 한줄에 행복
주광노	마음의 향기
주혜란	추억의 글 아름다운 이야기
진 성	삶에 진리
진낙식	긍정메세지가 세상을 바꾼다
진현숙	아름다운 사람들과 만남
천정곤	마음으로 먹는 양식
최강현	참 좋은 인연입니다
최두붕	님의 향기
최만주	실행
최병연	최세규의 5분 명상
최병용	최세규의 가슴속에 담은 글
최영숙	고운님 눈물되다

최종임	나의 삶, 나의 희망
최춘홍	천사의 음성
최혜영	정신을 깨우는 한마디
태경	Saturday 2pm
하진경	삶의 짙은 향기
하진경	꿈꾸는 세상 울타리
한근식	행복보따리
함승창	나누니 행복하고 베푸니 따뜻하다
허영훈	마음이 열리면 하루가 즐겁다
홍상기	토요일의 윙크
홍혜진	사랑더하기 행복나누기
황인규	토요일의 이야기
김원기	최세규의 세상이야기
김남규	행복한 기부 대한민국을 들뜨게 하다
오영인	희망의 메시지
고영화	향기나는 남자 최세규
제니안	토요일 1분
전승훈	손끝으로 만드는 향기
홍기아	멈추지 않는 길
홍기아	꽃은 혼자 피지 않는다
김광열	마음의 향기
조영진	희망의 메시지
윤미혜	생활의 감초
이천재	사랑하면 사랑한다
김국동	행복 채우기
김대건	지혜가 열리는 나무
김대수	행복 항아리
박가영	사랑의 메신저
박병칠	토요일의 엔돌핀
선윤희	행복의 노화방지

출간후기

우리는 모두가 행복 그 자체입니다!

권선복
도서출판 행복에너지 대표이사
대통령직속 지역발전위원회
문화복지 전문위원

'사람이 희망이다'라고 노래한 시인이 있습니다. 그 말이 우리를 울리는 것은 그 뜻이 우리 안에 이미 내재되어 있기 때문이라고 생각합니다. 즉 우리가 평소 알지만 잘 보지 못했던 부분을 그 말이 깨워준 것입니다. 사람 안에 있는 희망. 그리고 그 희망으로 다가서는 자신과 타인. 동행이라는 건 어쩌면 우리가 가지고 있는 행복한 숙명이자 자신을 비추는 거울 속으로 들어가는 행위일 것입니다.

『사람이 행복이다』 이 책의 최세규 저자는 재능기부협회 이사장으로 계십니다. 뿐만 아니라 최세규 저자는 한국창조경영인협회 이사장, 한국신지식인협회 회장으로도 계십니다. 이러한 그의 이

력에서 엿볼 수 있듯이 그가 실천하는 나눔의 자리는 같이 더 나아가고, 같이 서로가 서로에게 긍정적 영향을 주는, 공생의 자리에 다름 아닙니다. 그가 국내 굴지의 기업 테팔키친 회장의 자리에서 물러나 현재 돈이 아닌 사람으로서의 진정한 행복의 길을 도모하는 모습에서 저는 누구나 쉽게 갖출 수 없는 거상의 면모를 봅니다.

우리는 우리를 떠나 살 수 없습니다. 당연한 명제 속에서 우리네 삶은 점점 멀어지고 흐려집니다. 사회 곳곳에서 사건사고가 터져 나오고 그에 반응하는 사람들의 심정은 분노를 담기에도 모자라 보입니다. '사람이 행복이다' 이토록 사람의 마음에 진정으로 닿을 수 있는 말은 명료하고 낯설지가 않습니다. 그렇습니다. 사람이 행복이라는 걸 우리는 알고 있습니다. 그리고 이제는 최세규 저자가 보여주는 모습처럼 우리도 낯선 자에게 눈먼 타인이 될 것이 아니라 행복이 되어야 하고 기쁨이 되어야 하겠습니다. 『사람이 행복이다』 이 책을 읽으시는 모든 독자들의 삶에 평화와 행운이 깃들기를 바라오며 그곳에서 행복과 긍정의 에너지가 팡팡팡 샘솟아 선한 영향력이 대한민국 방방곡곡에 전파되기를 기원드립니다.

귀뚜라미 박사 239

이삼구 지음 | 값 17,000원

저자는 '귀뚜라미'가 지금의 대한민국 실정에 가장 적합한 미래인류식량이라고 강력히 주장한다. 단백질, 비타민, 무기질, 불포화지방산 등 영양소가 풍부하게 함유되어 있기 때문이다. 이렇게 영양학적으로 완벽하고 환경친화적인 귀뚜라미는 향후 발생할 식량위기에 대처하는 데 최적의 상품임을 이 책은 말하고 있다.

신입사원은 무엇으로 성장하는가

홍석환 지음 | 값 15,000원

저자는 30년 동안 인사 분야 전문가로 삼성, GS칼텍스, KT&G와 같은 대기업에서 근무해 왔다. 다양한 인사 경험과 이론을 쌓고 자신만의 컨설팅을 바탕으로 사회 내에서 자신의 자리를 공고히 하는 데 힘써온 사람이다. 그의 이러한 노하우가 담겨있는 인사교육 현장의 목소리에 우리는 귀 기울여야 할 것이다.

대한민국을 읽다

김영모 지음 | 값 17,000원

『대한민국을 읽다』는 1934년부터 1991년까지의 대한민국, 그 생생한 역사의 주요 현장을 도서와 문서 자료를 통해 들여다본 책이다. 25년 가까이 국회도서관에서 근무를 했고 출판사의 대표직을 맡으며 평생 책과 함께해 온, 지금도 산더미처럼 쌓인 책의 틈바구니에 간신히 몸을 밀어 넣어 책과 씨름하고 있는 한 독서인의 뜨거운 열정을 고스란히 담고 있다.

도담도담

티파니(박수현) 지음 | 값 15,000원

『도담도담』은 종로 YBM어학원에서 16년째 강의를 하고 있는 인기강사 '티파니' 박수현이 2030 청년들에게 들려주는 행복의 메시지다. 때로는 두 손을 꽉 붙잡고 어깨를 도닥여주는 위로를, 때로는 정신이 번쩍 들게 하는 일침을, 때로는 경험에서 진득하게 우러나온 조언을 친근한 언니 혹은 누나의 목소리로 전하고 있다.